穆旦诗集

打着脚步的节奏，向着逃亡的
吉普赛，唱出了他们流荡的不幸。

呵，世界正摆在日和夜的交响中，
我将永要哪去？阴暗的生的命运……

一九四〇，二月。

穆旦诗集手稿本

穆 旦 著

人民文学出版社

图书在版编目（CIP）数据

穆旦诗集手稿本/穆旦著．—北京：人民文学出版社，2022
ISBN 978-7-02-017356-3

Ⅰ.①穆… Ⅱ.①穆… Ⅲ.①诗集—中国—现代 Ⅳ.①I207.227.42

中国版本图书馆CIP数据核字（2022）第137736号

责任编辑　徐广琴
装帧设计　刘　静
责任印制　苏文强

出版发行　人民文学出版社
社　　址　北京市朝内大街166号
邮政编码　100705

印　　刷　天津善印科技有限公司
经　　销　全国新华书店等

字　　数　77千字
开　　本　787毫米×1092毫米　1/16
印　　张　17.5　插页2
印　　数　1—2000
版　　次　2022年9月北京第1版
印　　次　2022年9月第1次印刷

书　　号　978-7-02-017356-3
定　　价　128.00元

原名查良铮。1933年在天津南开学校高中部开始诗歌创作。1935年考入北平清华大学外文系。1940年毕业于西南联大，留校任教。1942年初参加中国远征军入缅对日作战。1949年秋留学芝加哥大学英文系，1952年获文学硕士学位后回国。1953年受聘为南开大学外文系副教授，在后来的政治运动中受到不公正待遇。1945至1948年出版诗集《探险队》《旗》和《穆旦诗集（1939—1945）》。1953年后出版翻译作品有《波尔塔瓦》《青铜骑士》《加甫利颂》《高加索的俘虏》《欧根·奥涅金》《文学原理》《拜伦抒情诗选》《普希金抒情诗集》《普希金叙事诗选》《雪莱抒情诗选》《济慈诗选》《云雀》《别林斯基论文学》《英国现代诗选》和《唐璜》等。穆旦作品于2005年后汇集收入《穆旦诗文集》和《穆旦译文集》。

穆　旦

（1918—1977）

穆旦夫人周与良的几点说明

（写于1996年10月）

1. 这是穆旦1948年离开北京随联合国粮农组织去泰国（前）自编的一本诗集。

2. 原稿目录中有序，但没有找到，可能没写序。

3. 这本《穆旦诗集》一直沉睡在穆旦父母家中，直到1980年（当时他父母均已去世）由查良铃（穆旦妹妹）才把一本纸张又黄又脆的《穆旦诗集》手稿交给我，我一直珍藏着，总希望有机会出版。

4. 这本诗集共分四部：第一部《探险队》和第二部《旗》在四十年代已出版单行本，但和单行本中的诗篇略有增减。第三部《隐现》，第四部《苦果》。

几点说明：

1. 这是穆旦1948年离开北京随联合国粮农组织去泰国前自编的一本诗集

2. 原稿目录中有序，但没有找到，可能没写序。

3. 这本《穆旦诗集》一直保留在穆旦父母家中，直到1980年（当时他父母均已去世）由（穆旦妹妹）查良铃才把一本纸黄又脆的《穆旦诗集》手稿交给我，我一直珍藏着，希望有机会出版。

4. 这本诗集共分四部：第一部探险队和第二部旗在四十年已出版单行本，但和单行本中的诗篇略有增减。第三部隐现，第四部苦果

~~5. 如能出版，请写一个序~~

第三部：旗（一九四一—一九四五）

第三部：旗（一九四一—一九四五）

第四部：苦果（一九四七—四八）

① 手稿目录中无，据正文补录。

先導
農民兵
打出去
轟炸東京
奉獻
反攻基地
通貨膨脹
[illegible]心頌
一个战士需要温柔的时候
森林之魅

第四部：苦果（一九四七—四八） 雲

時感
苦肉的象徵
他們死去了
誕辰有作
荒村
飢餓的中國
發見
我歌頌肉体
手
我想要走
暴力
勝利
犧牲
甘地之死
世界
城市的舞
紳士和淑女

可不要

野兽

黑夜里叫出了野性的呼喊，
是谁，谁噬咬它受了创伤？
在坚实的肉里那些深深的
血的沟渠，血的沟渠灌溉了
翻白的花，在青铜样的皮上！
是多大的奇迹，从紫色的血泊中
它抖身，它站立，它跃起，
风在鞭挞它痛楚的喘息。

然而，那是一团猛烈的火焰，
是对死亡蕴积的野性的凶残，
在狂暴的原野和荆棘的山谷里，
像一阵怒涛绞着无边的海浪，
它拧起全身的力。
在暗黑中，随着一声凄厉的号叫，
它是以如星的锐利的眼睛，
射出那可怕的复仇的光芒。

一九三七，十一月。

野獸

黑夜裡叫出了野性的呼喊，
是誰，誰噬咬它受了創傷？
在堅实的肉裡那些深深的
血的溝渠，血的溝渠灌溉了
翻白的花，在青銅樣的皮上！
是多大的奇蹟，從紫色的血泊中
它抖身，它站立，它躍起，
風在鞭撻它痛楚的喘息。

然而，那是一團猛烈的火焰，
是对死亡蘊積的野性的凶殘，
在狂暴的原野和荊棘的山谷裡，
像一陣怒濤絞着無边的海浪，
它擰起全身的力。
在暗黑中，隨着一声淒厲的号叫，
它是以如星的銳利的眼睛，
射出那可怕的復仇的光芒。

一九三七，十一月。

合唱

其一

当夜神扑打古国的魂灵，
静静地，原野沉视着黑空，
呵，飞奔呵，旋转的星球，
叫光明流洗你苦痛的心胸，
叫远古在你的轮下片片飞扬，
像大旗飘进宇宙的洪荒，
看怎样的勇敢，虔敬，坚忍，
辟出了华夏辽阔的神州。
噢，黄帝的子孙，疯狂！
一只魔手闭塞你们的胸膛，
万万精灵已踱出了模糊的
碑石，在守候，渴望里彷徨。
一阵暴风，波涛，急雨——潜伏，
等待强烈的一鞭投向深谷，
埃及，雅典，罗马，从这里陨落，
呵，这一刻你们在岩壁上抖索！
说不，说不，这不是古国的居处，
噢，庄严的圣殿，以鲜血祭扫，
亮些，更亮些，如果你倾倒……

其二

让我歌唱帕米尔的荒原，
用它峰顶静穆的声音，
混然的倾泻如远古的熔岩，

合唱

其一

當夜神撲打古國的魂靈，
靜靜地，原野沉視着黑空，
飛奔呵，旋轉的星球，
叫光明流洗你苦痛的心胸，
叫遠古在你的輪下片片飛揚，
像大旗飄進宇宙的洪荒，
看怎樣的勇敢，虔敬，堅忍，
闢出了華夏遼闊的神州。
黃帝的子孫，瘋狂！
一隻魔手閉塞你們的胸膛，
萬萬精靈已踱出了模糊的
碑石，在守候，渴望裏徬徨。
一陣暴風，波濤，急雨——潛伏，
等待強烈的一鞭投向深谷，
埃及，雅典，羅馬，從這裡殞落，
這一刻你們在岩壁上抖索！
說不，說不，這不是古國的居處，
莊嚴的聖殿，以鮮血祭掃，
亮些，更亮些，如果你傾倒…………

其二

讓我歌唱帕米爾的荒原，
用宅峯頂靜穆的聲音，
混然的傾瀉如遠古的溶岩，

缓缓迸涌出坚强的骨干，
像钢铁编织起亚洲的海棠。
○让我歌唱，以欢愉的心情，
浑圆天穹下那野性的海洋，
推着它倾跌的喃喃的波浪，
像嫩绿的树根伸进泥土里，
它柔光的手指抓起了神州的心房。
当我呼吸，在山河的交铸里，
无数个晨曦，黄昏，彩色的光，
从昆仑，喜马，天山的傲视，
流下了干燥的，卑湿的草原，
当黄河，扬子，珠江终于憩息，
多少欢欣，忧郁，澎湃的乐声，
随着红的，绿的，天蓝色的水，
向远方的山谷，森林，荒漠里消溶。
呵，热情的拥抱！让我歌唱，
让我扣着你们的节奏舞踏，
当人们痛哭，死难，睡进你们的胸怀，
摇曳，摇曳，化入无穷的年代，
他们的精灵，呵，你们坚贞的爱！

一九三九，二月。

緩緩迸湧出堅强的骨幹，
像鋼鐵編織起亞洲的海棠。
O讓我歌唱，以歡愉的心情，
渾圓天穹下那野性的海洋，
推着它傾跌的喃喃的波浪，
像嫩綠的樹根伸進泥土裡，
它柔光的手指抓起了神州的心房。
當我呼吸，在山河的交鑄裡，
無數個晨曦，黄昏，彩色的光，
從崑崙，喜馬，天山的傲視，
流下了乾燥的，卑溼的草原，
當黄河，揚子，珠江終於憩息，
多少歡欣，憂鬱，澎湃的樂聲，
隨着紅的，綠的，天藍色的水，
向遠方的山谷，森林，荒漠裏消溶。
O熱情的擁抱！讓我歌唱，
讓我扣着你們的節奏舞踏，
當人們痛哭，死難，睡進你們的胸懷，
搖曳，搖曳，化入無窮的年代，
他們的精靈，O你們堅貞的愛！

一九三九，二月。

防空洞里的抒情诗

他向我，笑着，这儿倒凉快，
当我擦着汗珠，弹去爬山的土，
当我看见他的瘦弱的身体
战抖，在地下一阵隐隐的风里。
他笑着，你不应该放过这个消遣的时机，
这是上海的申报，唉这五光十色的新闻，
让我们坐过去，那里有一线暗黄的光。
我想起大街上疯狂的跑着的人们，
那些个残酷的，为死亡恫吓的人们，
像是蜂踊的昆虫，向我们的洞里挤。

谁知道农夫把什么种子洒在这土里？
我正在高楼上睡觉，一个说，我在洗澡。
你想最近的市价会有变动吗？府上是？
哦哦，改日一定拜访，我最近很忙。
寂静。他们像觉到了氧气的缺乏。
虽然地下是安全的。互相观望着：
O黑色的脸，黑色的身子，黑色的手！
这时候我听见大风在阳光里
附在每个人的耳边吹出细细的呼唤，
从他的屋檐，从他的书页，从他的血里。

炼丹的术士落下沉重的
眼睑，不觉堕入了梦里，
无数个阴魂跑出了地狱，
悄悄收摄了，火烧，剥皮，

防空洞裡的抒情詩

他向我，笑着，這兒倒凉快，
當我擦着汗珠，彈去爬山的土，
當我看見他的瘦弱的身體
戰抖，在地下一陣隱隱的風裡。
他笑着，你不應該放過這個消遣的時機，
這是上海的申報，唉這五光十色的新聞，
讓我們坐過去，那裡有一線暗黃的光。
我想起大街上瘋狂的跑着的人們，
那些個殘酷的，爲死亡恫嚇的人們，
像是蠢蹋的昆蟲，向我們的洞裡擠。

誰知道農夫把什麼種子洒在這土裡？
我正在高樓上睡覺，一個說，我在洗澡。
你想最近的市价會有變動嗎？府上是？
哦哦，改日一定拜訪，我最近很忙。
寂靜。他們像覺到了養氣的缺乏，
雖然地下是安全的。互相觀望着：
O黑色的臉，黑色的身子，黑色的手！
這時候我聽見大風在陽光裡
附在每個人的耳邊吹出細細的呼喚，
從他的屋簷，從他的書頁，從他的血裏。

鍊丹的術士落下沉重的
眼瞼，不覺墜入了夢裡，
無數個陰魂跑出了地獄，
悄悄收攝了，火燒，剝皮，

听他号出极乐国的声息。
O看，在古代的大森林里，
那个渐渐冰冷了的僵尸！

我站起来，这里的空气太窒息，
我说，一切完了吧，让我们出去！
但是他拉住我，这是不是你的好友，
她在上海的饭店结了婚，看看这启事！

我已经忘了摘一朵洁白的丁香夹在书里，
我已经忘了在公园里摇一只手杖，
在霓虹灯下飘过，听 Love parade 散播，
我忘了用淡紫的墨水，在红茶里加一片柠檬。
当你低下头，重又抬起，
你就看见眼前的这许多人，你看见原野上的那许多人，
你看见你再也看不见的无数的人们，
于是觉得你染上了黑色，和这些人们一样。

那个僵尸在痛苦地动转，
他轻轻地起来烧着炉丹，
在古代的森林漆黑的夜里，
『毁灭，毁灭』一个声音喊，
『你那枉然的古旧的炉丹。
死在梦里！坠入你的苦难！
听你极乐的嗓子多么洪亮！』

谁胜利了，他说，打下几架敌机？
我笑，是我。
当人们回到家里，弹去青草和泥土，
从他们头上所编织的大网里，
我是独自走上了被炸毁的楼，
而发见我自己死在那儿
僵硬的，满脸上是欢笑，眼泪，和叹息。

一九三九，四月。

聽他號出極樂國的聲息。
O看，在古代的大森林裡，
那個漸漸冰冷了的僵屍！

我站起來，這裡的空氣太窒息，
我說，一切完了吧，讓我們出去！
但是他拉住我，這是不是你的好友，
她在上海的飯店結了婚，看看這啓事！

我已經忘了摘一朵潔白的丁香挾在書裡，
我已經忘了在公園裡搖一隻手杖，
在霓虹燈下飄過，聽Love Parade散播，
我忘了用淡紫的墨水，在紅茶裡加一片檸檬。
當你低下頭，重又抬起，
你就看見眼前的這許多人，你看見原野上的那許多人，
　你看見你再也看不見的無數的人們，
於是覺得你染上了黑色，和這些人們一樣。

那個僵屍在痛苦地動轉，
他輕輕地起來燒着爐丹，
在古代的森林漆黑的夜裡，
「毀滅，毀滅」一個聲音喊，
「你那枉然的古舊的爐丹。
死在夢裡！墜入你的苦難！
聽你極樂的嗓子多麼洪亮！」

誰勝利了，他說，打下幾架敵機？
我笑，是我。
當人們回到家裡，彈去青草和泥土，
從他們頭上所編織的大網裡，
我是獨自走上了被炸毀的樓，
而發見我自已死在那兒
僵硬的，滿臉上是歡笑，眼淚，和嘆息。

一九三九，四月。

劝友人

在一张白纸上描出个圆圈，
点个黑点，就算是城市吧，
你知道我画的正在天空上，
那儿呢，那颗闪耀的蓝色小星！
于是你想着你丢失的爱情，
独自走进卧室里踱来踱去。
朋友，天文台上有人用望远镜
正在寻索你千年后的光辉呢，
也许你招招手，也许你睡了？

一九三九，六月。

勸友人

在一張白紙上描出个圓圈，
点个黑点，就算是城市吧，
你知道我画的正在天空上，
那兒呢，那顆閃耀的藍色小星！
於是你想着你丟失的愛情，
獨自走進臥室裡踱來踱去。
朋友，天文台上有人用望遠鏡
正在尋索你千年沒的光輝呢，
也許你招招手，也許你睡了？

一九三九，六月。

童年

秋晚灯下，我翻阅一页历史……
窗外是今夜的月，今夜的人间，
一条蔷薇花路伸向无尽远，
色彩缤纷，珍异的浓香扑散。
于是有奔程的旅人以手，脚
贪婪地抚摸这毒恶的花朵，
（呵，他的鲜血在每一步上滴落！）
他青色的心浸进辛辣的汁液
腐酵着，也许要酿成一盅古旧的
醇酒？一饮而丧失了本真。
也许他终会像一匹老迈的战马，
披戴无数的伤痕，木然嘶鸣。

而此刻我停伫在一页历史上，
摸索自己未经世故的足迹
在荒莽的年代，当人类还是
一群淡淡的，从远方投来的影，
朦胧，可爱，投在我心上。
天雨，天晴，一切是广阔无边，
一切都开始滋生，互相交溶。
无数荒诞的野兽游行云雾里，
（那时候云雾盘旋在地上，）
矫健而自由，嬉戏地泳进了
从地心里不断涌出来的
火热的熔岩，蕴藏着多少野力，
多少跳动着的雏形的山川！
这就是美丽的化石。而今那野兽

童年

秋晚灯下，我翻阅一頁歷史……
窗外是今夜的月，今夜的人间，
一條薔薇花路伸向無盡遠，
色彩繽紛，珍異的濃香撲散。
於是有奔程的旅人以手，脚，
貪婪地撫摸这毒惡的花朵，
（呵，他的鮮血在每一步上滴落！）
他青色的心浸進辛辣的汁液
腐酵着，也許要釀成一盅古舊的
醇酒？一飲而喪失了本真。
也許他終会像一匹老邁的战馬，
披戴無數的傷痕，木然嘶鳴。

而此刻我停贮在一頁歷史上，
摸索自己未经世故的足跡
在荒莽的年代，当人類還是
一群淡淡的，從遠方投来的影，
朦朧，可爱，投在我心上。
天雨，天晴，一切是廣闊無边，
一切都開始滋生，互相交溶。
無數荒誕的野獸遊行雲霧裡，
（那時候雲霧盤旋在地上，）
矯健而自由，嬉戲地泳進了
從地心裡不斷湧出来的
火熱的熔岩，蘊藏着多少野力，
多少跳動着的雛形的山川！
这就是美麗的化石。而今那野獸

绝迹了，火山口经时日折磨
也冷凋了，空留下暗黄的一页，
等待十年前的友人和我讲说。

灯下，有谁听见在周身起伏的
那痛苦的，人世的喧声？
被冲积在今夜的隅落里，而我
望着等待我的蔷薇花路，沉默。

一九三九，十月。

绝跡了，火山口经時日折磨
也冷涸了，空留下暗黄的一页，
等待十年前的友人和我讲说。

灯下，有谁听见在週身起伏的
那痛苦的，人世的嗌声？
被冲積在今夜的隅落裡，而我
望着等待我的蔷薇花路，沉默。

一九三九，十月。

蛇的诱惑

夜晚是烧尽的烟头，
带一阵疲乏，燃过污秽的小巷，
细长的小巷像是一支洞箫，
当黑暗伏在巷口，缓缓吹完了
它的曲子：家家门前关着死寂。
但我的追求还没有完。呵，光明
（电灯，红，蓝，绿，反射又反射，）
从大码头到中山北路现在
亮在我心上！一条街，一条街，
闹声翻滚着，另一个世界。
这时候我陪德明太太坐在汽车里
开往百货公司；

这时候天上亮着晚霞，
黯淡，紫红，是垂死人脸上
最后的希望，是一条鞭子
抽出的伤痕，它扬起，落在
每条街道行人的脸上。
太阳落下去了，落下去了，
却又打个转身，望着世界：
你不要活吗？你不要活得
好些吗？

　　我想要有一幅地图，
指点我，在德明太太的汽车里，
经过无数『是的是的』无数的
痛楚的微笑，微笑里的阴谋，
一个廿世纪的哥伦布，走向他
探寻的墓地

蛇的誘惑

夜晚是燒盡的烟頭，
帶一陣疲乏，燃過污穢的小巷，
細長的小巷像是一支洞簫，
当黑暗伏在巷口，緩緩吹完了
它的曲子：家家門前閃着死寂。
但我的追求還沒有完。呵，光明
（電灯，紅，藍，綠，反射又反射，）
從大碼頭到中山北路現在
亮在我心上！一條街，一條街，
鬧声翻滾着，另一个世界。
这時候我陪徐明太太坐在汽車裡
開往百貨公司；

这時候天上亮着晚霞，
黯淡，紫紅，是垂死人臉上
最後的希望，是一條鞭子
抽出的傷痕，它揚起，落在
每條街道行人的臉上。
太陽落下去了，落下去了，
却又打个轉身，望着世界：
你不要活嗎？你不要活得
好些嗎？

我想要有一幅地圖，
指点我，在徐明太太的汽車裡，
經过無數的是的是的無數的
痛楚的微笑，微笑裡的陰謀，
一个世紀的哥倫布，走向他
探尋的墓地

空一行

在妒羡的目光交错里，垃圾堆，
积水洼，死耗子，从二房东租来的
人同骡马的破烂旅居旁，在
哭喊，叫骂，粗野的笑的大海里，
(听！喋喋的海浪在拍击着岸沿。)
我终于来了——

老爷和太太站在玻璃柜旁
挑选着珠子，这颗配得上吗？
才二千元。无数年青的绅士
和小姐，在玻璃夹道里，
穿来，穿去，和英勇的宝宝
带领着飞机，大炮，和一队骑兵。
衣裙蟋蟀擦响着，混合了
细碎，嘈杂的话声，无目的地
随着虚晃的光影飘散，如透明的
灰尘，不能升起也不能落下。
『我一向就在你们这儿买鞋，
七八年了。那个老伙计呢？
这双式样还好，只是贵些。』
而店员打恭微笑，像块里程碑
从虚无到虚无

而我只是夏日的飞蛾，
凄迷无处。那儿有我的一条路
又温暖又幸福？是不是我就
被鞭挞在光天化日下，或者，
飞，飞，跟在德明太太身后？
我是活在黑夜，朝电灯光上扑。

在妬羨的目光交錯裡，垃圾堆，
積水窪，死耗子，從二房東租來的
人同騾馬的破爛旅居旁，在
哭喊，叫罵，粗野的笑的大海裡，
（听，喋喋的海浪在拍擊着岸沿。）
我終于來了——

老爺和太太站在玻璃櫃旁
挑選着珠子，這顆配得上嗎？
才二千元。無數年青的紳士
和小姐，在玻璃夾道裡，
穿來，穿去，和英勇的寶寶
帶領着飛机，大砲，和一隊騎兵。
衣裙綷縩摩擦着，混合了
細碎，嘈雜的話聲，無目的地
隨着虛晃的光影飄散，如透明的
灰塵，不能升起也不能落下。
可我一向就在你們這兒買鞋，
七八年了。那个老夥計呢？
這種式樣還好，只是貴些。
而店員打恭微笑，像塊里程碑
從虛無到虛無

空一行——

而我只是冬日的飛蛾，
遙遠無處。那兒有我的一條路
又溫暖又幸福？是不是我就
被鞭撻在光天化日下，或者，
飛，飛，跟在德明太太身後？
我活在黑夜，朝電光上撲。

虽然生活是疲惫的，我必须追求，
虽然观念的丛林缠绕我，
善恶的光亮在我的心里明灭，
自从撒旦歌唱的日子起，
我只想园当中那个智慧的果子：
阿谀，倾轧，辉煌的成功，
这是可喜爱的，如果我吃下，
我会微笑着在文明的世界里游览，
戴上遮阳光的墨镜，在雪天，
穿一件轻羊毛衫围着火炉，
用巴黎香水，培植着暖房的花朵。

那时候我就会离开了亚当后代的宿命地，
贫穷，卑贱，粗野，枉然的劳役和痛苦……

但是为什么在我看去的时候，
我总看见有一条蛇在他们身上抬头：
那是诉说不出的疲倦，灵魂的
哭泣——德明太太这么快的
失去的青春，无数年青的绅士
和小姐，在玻璃的夹道里，
穿来，穿去，带着陌生的亲切，
和亲切中永远的隔离。寂寞，
囚禁每个人。生命树被剑守住了，
人们远远离开它，绕着圈子走。
而感情和思想，枯落的空壳，
播种在日用品上，也开了花，
我是活着吗？我活着吗？我活着
为什么？

墙上有播音机，异域的乐声，
为了树木从它的根逃避。

虽然生活是疲倦的，我必须追求，
虽然观念的藩籬纏繞我，
善惡的光亮在我的心裡明滅，
自從撒旦歌唱的日子起，
我只想園当中那个智慧的果子：
阿諛，傾軋，輝煌的成功，
这是可喜爱的，如果我吃下，
我会微笑着在文明的世界裡遊覽，
戴上遮陽光的墨鏡，在雪天，
穿一件輕羊毛衫圍着火爐，
用巴黎香水，培植着暖房的花朵。

那時候我就会离開了丗当役代的宿命也，
貧窮，卑賤，粗野，枉然的勞役和痛苦……

但是為什么在我看去的时候，
我總看見有一條蛇在他們身上抬頭：
那是訴說不出的疲倦，灵魂的
哭泣——德明太太这么快的
失去的青春，無數年青的紳士
和小姐，在玻璃的夾道裡，
穿來，穿去，帶着陌生的親切，
和親切中永遠的隔离。寂寞，
因禁每个人。生命樹被劍守住了，
人們遠遠离開它，繞着園子走。
而感情和思想，枯落的空殼，
播種在日用品上，也開了花。
我是活着嗎？我活着嗎？我活着
為什么？
　為了樹木從它的根逃避。
牆上有播音机，異域的樂声，

扣着脚步的节奏，向着逃亡的
吉普西，唱出了他们流荡的不幸。

呵，世界正摆在日和夜的夹击中，
我将承受哪个？阴暗的生的命题……

一九四〇，三月。

扣着脚步的節奏，向着逃亡的
吉普西，唱出了他们流蕩的不幸。

呵，世界正擺在日和夜的夾擊中，
我將承受哪个？陰暗的生的命題……

一九四〇，二月。

梦幻之歌

（一）

我已经疲倦了，我要去寻找异方的梦，
那儿有碧绿的原野，有成熟的果子，有清朗的天空，
原野里永远发散着日炙的气息，使季节滋长，
那时候我得以呼吸，我要在蔚蓝的天空下酣睡。

谁说这儿是真实的？你带我在你的梳妆室里旋转，
告诉我这一样是爱情，这一样是希望，这一样悲伤，
无尽的涡流飘荡你，你让我躺在你的胸怀，
当黄昏溶进了夜雾，窒息的黑影悄悄地爬来。

O，让我离去，既然这儿一切都是枉然，
我要去寻找异方的梦，我要走出凡是落絮飞扬的地方，
因为我的心里常常下着初春的霉雨，现在就要放晴，
在云雾的裂纹里，我看见了一片腾起的，像梦。

（二）

什么都显然褪色了，一切是病恹而虚空，
朵朵盛开的大理石似的百合，伸在土壤的欲望里颤抖，
土壤的欲望是裸露而赤红的，但它已是我们的仇敌，
当生命化做了轻风，而风丝在百合忧郁的芬芳上飘流。

自然我可以跟着她走，走进一座诡秘的迷宫，
在那里像一头吐丝的蚕，抽出青春的汁液来团团自缚；
散步，谈电影，选衣料，组织体面的家庭，请来最懂礼貌的朋友茶会，
然而我是期待着野性的呼喊，我蜷伏在无尽的乡愁里过活。

而溽暑是这么快地逝去了，那喷着浓烟和密雨的季候；
而我已经渐渐老了，你可以看见我整日整夜地围着炉火，
梦寐似地喃喃着，像孤立在浪潮里的一块石头，
当回忆是一片空白，对着炉火，感不到一点温热。

夢幻之歌

（一）

我已经疲倦了，我要去尋找異方的夢，
那兒有翡翠綠的原野，有成熟的果子，有晴朗的天空，
原野裡永遠散發着日光的氣息，使季節深長，
那时候我得以呼吸，我要在蔚藍的天空下酣睡。

誰說这兒是真实的？你帶我在你的梳妝室裡旋轉，
告訴我这一樣是愛情，这一樣是希望，这一樣悲傷，
無盡的渦流飄蕩你，你讓我躺在你的胸怀，
当黃昏溶進了夜霧，窒息的黑影悄悄地爬來。

噯，讓我離去，既然这兒一切都是枉然，
我要去尋找異方的夢，我要走出凡是落絮飛揚的地方，
因為我的心裡常常下着初春的霉雨，現在就要放晴，
在雲霧的裂紋裡，我看見了一片騰起的，像夢。

（二）

什么都顯然褪色了，一切是病懨而虛空，
朵朵盛開的大理石似的百合，伸在土壤的欲望裡顫抖，
土壤的欲望是裸露而赤紅的，但它已是我們的仇敵，
当生命化做了輕風，而風絲在百合憂鬱的花蕊上飄流。

自然我可以跟着她去，走進一座詭秘的迷宮，
在那裡像一頭吐絲的蠶蛹，抽出青春的汁液來團團自縛，
散步，談電影，選衣料，組織体面的家庭，請來最懂礼
貌的朋友茶会，
然而我是期待着野性的呼喊，我捲伏在無盡的鄉愁裡迷惘。

而厚暑是这么快地逝去了，那噴着濃烟和密雨的季候，
而我已经漸漸老了，你可以看見我整日整夜地圍着爐火，
夢寐似地喃喃着，像孤立在浪潮裡的一塊石頭，
当回憶是一片空白，对着爐火，感不到一点溫熱。

（三）

在明媚的湖畔我闲踱着，春日的湖水澄碧而温暖，
莺燕在激动地歌唱，一片新绿从大地的旧根里熊熊地燃烧，
播种的季节——观念的突进——然而我们的爱情是太古老了，
一次颓废列车，沿着细碎之死的温柔，无限生之尝试的苦恼。

我长大在古诗词的山水里，我们的太阳也是太古老了，
没有气流的激变，没有山海的倒转，人在单调疲倦中死去。
突进！因为我看见一片新绿从大地的旧根里熊熊地燃烧，
我要赶到车站搭一九四〇年的车开向最炽热的熔炉里。

虽然我还没有为饥寒，残酷，绝望，鞭打出过信仰来，
没有热烈地喊过同志，没有流过同情泪，没有闻过血腥，
然而我有过多的无法表现的情感，一颗充满着熔岩的心
期待深沉明晰的固定。一颗冬日的种子期待着新生。

一九四〇，三月。

（三）

在明媚的湖畔我闲踱着，春日的湖水澄碧而温暖，
鶯燕在激動地歌唱，一片新綠從大地的舊根裡熊熊地燃燒，
播種的季節——观念的突進——然而我们的爱情是太古老了，
一次頹廢列車，沿着細碎之死的温柔，無限生之嘗試的苦惱。

我長大在古詩詞的山水裡，我们的太陽也是太古老了，
沒有氣流的激变，沒有山海的倒轉，人在單调疲倦中死去。
突進！因為我看見一片新綠從大地的舊根裡熊熊地燃燒，
我要趕到車站搭一九四〇年的車開向最熾热的熔爐裡。

虽然我還沒有為飢寒，殘酷，絕望，鞭打出过信仰来，
沒有热烈地喊过同志，沒有流过同情淚，沒有聞过血腥，
然而我有过多的無法表现的情感，一顆充满着熔岩的心
期待深沉明晰的固定。一顆冬日的種子期待着新生。

一九四〇，三月。

从空虚到充实

（一）

饥饿，寒冷，寂静无声，
广漠如流沙，在你脚下……

让我们在岁月流逝的滴响中
固守着自己的孤岛。
无聊？可是让我们谈话，
我看见谁在客厅里一步一步走，
播弄他的嘴，流出来无数火花。

一些影子，愉快又恐惧，
在无形的墙里等待着福音。
『来了！』然而当洪水
张开臂膊向我们呼喊，
这时候我碰见了Henry王，
他和家庭争吵了两三天，还带着
潮水上浪花的激动，
疲倦地，走进咖啡店里，
又舒适地靠在松软的皮椅上，
我该，我做什么好呢，他想。
对面是两颗梦幻的眼睛
沉没了，在圈圈的烟雾里，
我不能再迟疑了，烟雾又旋进
脂香里。一只递水果的手
握紧了沉思在眉梢：
我们谈谈吧，我们谈谈吧。

從空虛到充實

（一）

飢餓，寒冷，寂靜無聲，
廣漠如流沙，在你脚下……

讓我們在歲月流逝的滴響中
固守着自已的孤島。
無聊？可是讓我們談話，
我看見誰在客廳裡一步一步走，
播弄他的嘴，流出來無數火花。

一些影子，愉快又恐懼，
在無形的墻裡等待着福音，
「來了！」然而當洪水
張開臂膊向我們呼喊，
這時候我碰見了Henry王，
他和家庭爭吵了兩三天，還帶着
潮水上浪花的激動，
疲倦的，走進咖啡店裡，
又舒適地靠在鬆軟的皮椅上，
我該，我做什麼好呢他想。
對面是兩顆夢幻的眼睛
沉沒了，在圈圈的烟霧裡，
我不能再遲疑了，煙霧又旋進
脂香裡。一隻遞水果的手
握緊了沉思在眉梢：
我們談談吧，我們談談吧。

生命的意义和苦难，
　　朱古力，快乐的往日。
于是他看见了
海，那样平静，明亮的呵，
在自己的银杯里在一果敢后，
街上，成队的人们正歌唱，
起来，不愿做奴隶的……
他的血沸腾，他把头埋进手中。

（二）

呵，谁知道我曾怎样寻找
我的一些可怜的化身，
当一阵狂涛涌来了
扑打我，流卷我，淹没我，
从东北到西南我不能
支持了。

这儿是一个沉默的女人，
『我不能支持了援救我！』
然而她说的过多了，她旋转
转得太晕了，如今是
张公馆的少奶奶。
这个人是我的朋友，
对我说，你怕什么呢？
这不过是一场梦。这个人
流浪到太原，南京，西安，汉口，
写完《中国的新生》，放下笔，
唉，我多么渴望一间温暖的住屋，

生命的意義和苦難，
　朱古力，快樂的往日。
於是他看見了
海，那樣平靜，明亮的呵，
在自己的銀杯裡在一果敢後，
街上，成隊的人們正歌唱，
起來，不願做奴隸的…………
他的血沸騰，他把頭埋進手中。

（二）

呵，誰知道我會怎樣尋找
我的一些可憐的化身，
當一陣狂濤湧來了
撲打我，流捲我，淹沒我，
從東北到西南我不能
支持了

這兒是一個沉默的女人，
「我不能支持了援救我！」
然而她說的過多了，她旋轉
轉得太暈了，如今是
張公館的少奶奶。
這個人是我的朋友，
對我說，你怕什麼呢？
這不過是一場夢。這個人
流浪到太原，南京，西安，漢口，
寫完「中國的新生」，放下筆，
唉，我多麼渴望一間溫暖的住屋，

和明净的书几！这又是一个人，
他的家烧了，痛苦地喊，
战争！战争！在轰炸的时候，
一片洪水又来把我们淹没，
整个城市投进毁灭，卷进了
海涛里，海涛里有血
的浪花，浪花上有光。

然而这样不讲理的人我没有见过，
他不是你也不是我，
请进我们得救的华宴吧我说，
这儿有硫磺的气味裂碎的神经。
他笑了，他不懂得忏悔，
也不会饮下这杯回忆，
彷徨，动摇的甜酒。
我想我也许可以得到他的同情，
可是在我们的三段论法里，
我不知道他是谁。

（二）

只有你是我的弟兄，我的朋友，
多久了，我们曾经沿着无形的墙
一块走路。暗暗的，温柔的，
为了生活也为了幸福，
再让我们交换冷笑，阴谋，和残酷。
然而什么！

大风摇过林木，
从我们的日记里摇下露珠，

和明淨的書几！這又是一個人
他的家燬了，痛苦地喊，
戰爭！戰爭！在轟炸的時候，
（一片洪水又來把我們淹沒，）
整個城市投進毀滅，捲進了
海濤裡，海濤裡有血
的浪花，浪花上有光。

然而這樣不講理的人我沒有見過，
他不是你也不是我，
請進我們得救的華宴吧我說，
這兒有硫磺的氣味裂碎的神經。
他笑了，他不懂得懺悔，
也不會飲下這杯回憶，
徬徨，動搖的甜酒。
我想我也許可以得到他的同情，
可是在我們的三段論法裡，
我不知道他是誰。

（三）

只有你是我的弟兄，我的朋友，
多久了，我們曾經沿着無形的牆
一塊走路。暗暗的，溫柔的，
（爲了生活也爲了幸福，）
再讓我們交換冷笑，陰謀，和殘酷。
然而什麼！

大風搖過林木，
從我們的日記裡搖下露珠，

在报纸上汇成了一条细流，
（流不长久也不会流远，）
流过了残酷的两岸，在岸上
我坐着哭泣。
艳丽的歌声流过去了，
祖传的契据流过去了，
茶会后两点钟的雄辩，故园，
黄油面包，家谱，长指甲的手，
道德法规都流去了，无情地，
这样深的根它们向我诉苦。
枯寂的大地让我把住你
在泛滥以前，因为我曾是
你的灵魂，得到你的抚养，
我把一切在你的身上安置，
可是水来了，站脚的地方，
也许，不久你也要流去。

（四）

洪水越过了无声的原野，
漫过了山角，切割，暴击；
展开，带着庞大的黑色轮廓，
和恐怖，和我们失去的自己。
死亡的符咒突然碎裂了
发出崩溃的巨响，在一瞬间
我看见了遍野的白骨
旋动，我听见了传开的笑声，
粗野，洪亮，不像我们嘴角上
疲乏的笑，（当世界在我们的
舌尖揉成一颗飞散的小球，

在報紙上滙成了一條細流，
（流不長久也不會流遠，）
流過了殘酷的兩岸，在岸上
我坐着哭泣。
艷麗的歌聲流過去了，
祖傳的契據流過去了，
茶會後兩點鐘的雉辯，故園，
黃油麪包，家譜，長指甲的手，
道德法規都流去了無情地，
這樣深的根它們向我訴苦。
枯寂的大地讓我把住你
在氾濫以前，因爲我曾是
你的靈魂，得到你的撫養，
我把一切在你的身上安置，
可是水來了，站脚的地方，
也許，不久你也要流去。

（四）

洪水越過了無聲的原野，
漫過了山角，切割，暴擊；
展開，帶着龐大的黑色輪廓，
和恐怖，和我們失去的自己。
死亡的符咒突然碎裂了
發出崩潰的巨響，在一瞬間
我看見了遍野的白骨
旋動，我聽見了傳開的笑聲，
粗野，洪亮，不像我們嘴角上
疲乏的笑，（當世界在我們的
舌尖揉成一顆飛散的小球，

变成白雾吐出，）它张开像一个新的国家，
要从绝望的心里拔出花，拔出草。
我听见这样的笑声在矿山里，
在火线下永远不睡的眼里，
在各样勃发的组织里，
在一挥手里，
谁知道一挥手后我们在哪儿？
我们是这样厚待了这些白骨！

德明太太对老张的儿子说，
（他一来到我家我就对他说，）
你爹爹一辈子忠厚老实人，
你好好的我们也不错待你，
可是小张跑了，他的哥哥
（他哥哥比他有出息多了，）
是庄稼人，天天摸黑走回家里，
我常常给他棉絮跟他说，
是这种年头你何必老打你的老婆，
昨天他来请安，带来了他弟弟
战死的消息……

然而这不值得挂念，我知道
一个更紧的死亡追在后头，
因为我听见了洪水，随着巨风，
从远而近，在我们的心里拍打，
吞噬着古旧的血液和骨肉！

一九三九，九月。

變成白霧吐出，）它張開像一個新的國家，
要從絕望的心裡拔出花，拔出草。
我聽見這樣的笑聲在礦山裡，
在火線下永遠不睡的眼裡，
在各樣勃發的組織裡，
在一揮手裡，
誰知道一揮手後我們在哪兒？
我們是這樣厚待了這些白骨！

德明[illegible]太太對老張的兒子說，
（他一來到我家我就對他說，）
你爹爹一輩子忠厚老實人，
你好好的我們也不錯待你，
可是小張跑了，他的哥哥
（他哥哥比他有出息多了，）
是莊稼人，天天摸黑走回家裡，
我常常給他棉絮跟他說，
是這種年頭你何必老打你的老婆，
昨天他來請安，帶來了他弟弟
戰死的消息……

然而這不值得掛念，我知道
一個更緊的死亡追在後頭，
因為我聽見了洪水，隨着巨風，
從遠而近，在我們的心裡拍打，
吞蝕着古舊的血液和骨肉！

一九三九，九月●

不幸的人们

我常常想念着不幸的人们，
如同暗室的囚徒窥伺着光明，
自从命运和神祇失去了主宰，
我们更痛地抚摸着我们的伤痕，
在遗忘的古代里有血肉的战争，
是非和成败到今天还没有断定，
是谁的安排荒诞到让我们讽笑，
笑过了千年，千年中更大的不幸。

诞生以后我们就学习着忏悔，
我们又固执得像无数的『真理』和牺牲，
这样多的是彼此的过失，
仿佛人类就是愚蠢加上愚蠢——
是谁的分派？一年又一年，
我们共同的天国忍受着割分，
所有的智慧不能收束起，
最好的愿心已在倾圮下无声。

像一只逃奔的鸟，我们的生活
孤单着，永远在恐惧下进行，
如果这里集腋起一点爱情，
一定的，我们会在那里得到憎恨，
然而在漫长的梦魇惊破的地方，
一切的不幸汇合，像汹涌的海浪，
我们的大陆将被残酷来冲洗，
洗去人间多年的山峦的图案——

是那凝固着我们的血泪和阴影。
而海，这解救我们的猖狂的母亲，
永远地溶解，永远地向我们呼啸，
呼啸着山峦间隔离的儿女们，
无论在黄昏的路上，或从碎裂的心里，
我都听见了她的不可抗拒的声音，
低沉的，摇动在睡眠和睡眠之间，
当我想念着所有不幸的人们。

一九四〇，九月。

不幸的人們

我常常想念着不幸的人們，
如同暗室的囚徒窺伺着光明，
自從命運和神祇去了主宰，
我們更痛地撫摸着我們的傷痕，
在遺忘的古代想有血肉的戰爭，
是非和成敗到今天還沒有斷定，
是誰的安排荒謬到讓我們諷笑，
笑過了千年，千年中更大的不幸。

誕生以後我們就學習着懺悔，
我們又固執得像無數的真理和犧牲，
這樣多的是彼此的過失，
彷彿人類就是愚蠢加上愚蠢！！
是誰的分派？一年又一年，
我們共同的天國忍受着割分，
所有的智慧不能[illegible]收束起，
最好的願心已在傾圮下無聲。

像一隻逃奔的鳥，我們的生活
孤單着，永遠在恐懼下進行，
如果這裡集腋起一點愛情，
一定的，我們會在那裡得到憎恨，
然而在漫長的夢魘驚破的地方，
一切的不幸匯合，像洶湧的海浪，
我們的大陸將被殘酷來沖洗，
洗去人間多年的山巒的圖案！！

是那凝固着我們的血淚和陰影。
而海，這解救我們的猖狂的母親，
永遠地溶解，永遠向我們呼嘯，
呼嘯着山巒間隔離的兒女們，
無論在黃昏的路上，或從碎裂的心裡，
我都聽見了她的不可抗拒的聲音，
低沉的，搖動在睡眠和睡眠之間，
當我想念着所有不幸的人們。

一九四〇，九月。

从子宫割裂、失去了温暖、
是残缺的部分渴望着救援、
永远是自己、锁在荒野里、

从静止的梦离开了群体、
痛感到时流、没有什么抓住、
不断的回忆带不回自己、

遇见部分时在一起哭喊、
是初恋的狂喜、想冲出樊篱、
伸出双手来抱住了自己

幻化的形象、是更深的绝望、
永远是自己、锁在荒野里、
仇恨着母亲给分出了梦境。

一九四〇、十一月。

我

從子宮割裂，失去了溫暖，
是殘缺的部分渴望着救援，
永遠是自己，鎖在荒野裡，

從靜止的夢離開了羣體，
痛感到時流，沒有什麼抓住，
不斷的回憶帶不回自己，

遇見部分時在一起哭喊，
是初戀的狂喜，想衝出樊籬，
伸出雙手來抱住了自己

幻化的形象，是更深的絕望，
永遠是自己，鎖在荒野裡，
仇恨着母親給分出了夢境。

一九四〇，十一月。

智慧的来临

成熟的葵花朝着阳光移转，
太阳走去时他还有感情，
在被遗留的地方忽然是黑夜，

对着永恒的相片和来信，
破产者回忆到可爱的债主，
刹那的欢乐是他一生的偿付，

然而渐渐看到了运行的星体，
向自己微笑，为了旅行的兴趣，
和他们一一握手自己是主人，

从此便残酷地望着前面，
送人上车，掉回头来背弃了
动人的忠诚，不断分裂的个体

稍一沉思听见失去的生命，
落在时间的激流里，向他呼救。

一九四〇，十一月。

智慧的來臨

成熟的葵花朝著陽光移轉，
太陽走去時他還有感情，
在被遺留的地方忽然是黑夜，

對着永恒的像片和來信，
破產者回憶到可愛的債主，
刹那的歡樂是他一生的償付，

然而漸漸看到了運行的星體，
向自己微笑，爲了旅行的興趣，
和他們一一握手自己是主人，

空一行

從此便殘酷地望着前面，
送人上車，掉回頭來背棄了
動人的忠誠，不斷分裂的個體

稍一沉思聽見失去的生命，
落在時間的激流裏，向他呼救。

一九四〇，十一月。

还原作用

污泥里的猪梦见生了翅膀，
从天降生的渴望着飞扬，
当他醒来时悲痛地呼喊。

胸里燃烧了却不能起床，
跳蚤，耗子，在他的身上黏着：
你爱我吗？我爱你，他说。

八小时工作，挖成一颗空壳，
荡在尘网里，害怕把丝弄断，
蜘蛛嗅过了，知道没有用处。

他的安慰是求学时的朋友，
三月的花园怎么样盛开，
通信联起了一大片荒原。

那里看出了变形的枉然，
开始学习着在地上走步，
一切是无边的，无边的迟缓。

一九四〇，十一月。

還原作用

汚泥裡的猪夢見生了翅膀，
從天降生的渴望着飛揚，
當他醒來時悲痛地呼喊。

胸裡燃燒了却不能起床，
跳蚤，耗子，在他的身上黏着：
你愛我嗎？我愛你，他說。

八小時工作，挖成一顆空殼，
蕩在塵網裡，害怕把絲弄斷，
蜘蛛嗅過了，知道沒有用處。

他的安慰是求學時的朋友，
三月的花園怎麼樣盛開，
通信聯起了一大片荒原。

那裡看出了變形枉然，
開始學習着在地上走步，
一切是無邊的，無邊的遲緩。

一九四〇，十一月。

五月

五月里来菜花香
布谷流连催人忙
万物滋长天明媚
浪子远游思家乡

勃朗宁，毛瑟，三号手提式，
或是爆进人肉去的左轮，
它们能给我绝望后的快乐，
对着漆黑的枪口，你就会看见
从历史的扭转的弹道里，
我是得到了二次的诞生。
无尽的阴谋；生产的痛楚是你们的，
是你们教了我鲁迅的杂文。

负心儿郎多情女
荷花池旁订誓盟
而今独自倚栏想
落花飞絮满天空

而五月的黄昏是那样的朦胧！
在火炬的行列叫喊过去以后，
谁也不会看见的
被恭维的街道就把他们倾出，
在报上登过救济民生的谈话后，
谁也不会看见的
愚蠢的人们就扑进泥沼里，

五月

五月裡來菜花香
布穀流連催人忙
萬物滋長天明媚
浪子遠遊思家鄉

勃朗寧，毛瑟，三號手提式，
或是爆進人肉去的左輪，
它們能給我絕望後的快樂，
對着漆黑的鎗口，你就會看見
從歷史的扭轉的彈道裡，
我是得到了二次的誕生。
無盡的陰謀；生產的痛楚是你們的，
是你們教了我魯迅的雜文。

負心兒郎多情女
荷花池旁訂誓盟
而今獨自倚欄想
落花飛絮滿天空

而五月的黃昏是那樣的朦朦！
在火炬的行列叫喊過去以後，
誰也不會看見的
被恭維的街道就把他們傾出，
在報上登過救濟民生的談話後，
誰也不會看見的
愚蠢的人們就撲進泥沼裡，

而谋害者，讴歌着五月的自由，
紧握一切无形电力的总枢纽。

春花秋月何时了
郊外墓草又一新
昔日前来痛哭者
已随轻风化灰尘

还有五月的黄昏轻网着银丝，
诱惑，溶化，捉捕多年的记忆，
挂在柳梢头，一串光明的联想……
浮在空气的小溪里，把热情拉长……
于是吹出些泡沫，我沉到底，
安心守住了你们古老的监狱，
一个封建社会搁浅在资本主义的历史里。

一叶扁舟碧江上
晚霞炊烟不分明
良辰美景共饮酒
你一杯来我一盅

而我是来飨宴五月的晚餐，
在炮火映出的影子里，
有我交换着敌视，大声谈笑，
我要在你们之上，做一个主人，
直到提审的钟声敲过了十二点。
因为你们知道的，在我的怀里，
藏着一个黑色小东西，
流氓，骗子，匪棍，我们一起，
在混乱的街上走——

他们梦见铁拐李
丑陋乞丐是仙人
游遍天下庆尘世
一飞飞上九层云

一九四〇，十一月。

而謀害者，凱歌着五月的自由，
緊握一切無形電力的總樞紐。

春花秋月何時了
郊外墓草又一新
昔日前來痛哭者
已隨輕風化灰塵

還有五月的黃昏輕紲着銀絲，
誘惑，溶化，捉捕多年的記憶，
掛在柳梢頭，一串光明的聯想……
浮在空氣的小溪裡，把熱情拉長……
於是吹出些泡沫，我沉到底，
安心守住了你們古老的監獄，
一個封建社會淺擱資本主義的歷史裡。

一葉扁舟碧江上
晚霞炊煙不分明
良辰美景共飲酒
你一杯來我一盅

而我是來饗宴五月的晚餐，
在炮火映出的影子裡，
有我交換着敵視，大聲談笑，
我要在你們之上，做一個主人，
直到提審的鐘聲敲過了十二點。
因爲你們知道的，在我的懷裡
藏着一個黑色小東西，
流氓，騙子，匪棍，我們一起，
在混亂的街上走——

他們夢見鐵拐李
醜陋乞丐是仙人
遊遍天下厭塵世
一飛飛上九層雲

一九四〇，十一月。

潮汐

（一）

当庄严的神殿充满了贵宾，
朝拜的山路成了天启的教条，
我们知道万有只是干燥的泥土，
虽然，塑在宝座里，他的容貌

仍旧闪着伟业的，降服的光芒，
已在谋害里贪生。而那些有罪的
以无数错误铸成历史的男女，
那些匍匐着献出了神力的，

他们终于哭泣了，自动离去了
放逐在正统的，传世的诅咒中，
有的以为是致命的，死在殿里，
有的则跋涉着漫长的路程，

看见到处的繁华原来是地狱，
不能够挣脱，爱情将变做仇恨，
是在自己的废墟上，以卑贱的泥土，
他们匍匐着竖起了异教的神。

（二）

这时候在中原上，啐经的人
像思想和行为一样地离开了贵宾，
表现了正直。而对于那些有罪的，
从经典引出来无穷的憎恨，

潮汐

（一）

當莊嚴的神殿充滿了貴賓，
朝拜的山路成了天啓的教條，
我們知道萬有只是乾燥的泥土，
雖然，塑在寶座裡，他的容貌

仍舊閃着偉業的，降服的光芒，
已在謀害裡食生。而那些有罪的
以無數錯誤鑄成歷史的男女，
那些匍匐着獻出了神力的，

他們終於哭泣了，自動離去了
放逐在正統的，傳世的詛咒中，
有的以爲是致命的，死在殿裡，
有的則跋涉着漫長的路程，

看見到處的繁華原來是地獄，
不能夠掙脫，愛情將變做仇恨，
是在自己的廢墟上，以卑賤的泥土，
他們匍匐着豎起了[illegible]異教的神。

（二）

這時候在中原上，啐經的人
像思想和行爲一樣的離開了貴賓，
表現了正直。而對於那些有罪的，
從經典引出來無窮的憎恨，

空一行

重新看见人的力量的伟大，
他战栗，要为自杀的尸首招魂：
宇宙间是充满了太多的血泪，
你们该忏悔，存在一颗宽恕的心。

而愚昧不断地在迫害里伸展，
密集的暗云下不使人放心，
唪经人做了法事，回到孤独里，
庄严的神殿原不过一种猜想，

而雷终于说话了，自杀的尸首
虽然他们也歌唱而且欢欣，
却无奈地随着宾客和唪经者，
是在一个星球上，向着西方移行。

一九四一，一月。

重新看見人的力量的偉大，
他戰慄，要爲自殺的屍首招魂：
宇宙間是充滿了太多的血淚，
你們該懺悔，存在一顆寬恕的心。

而愚昧不斷地在迫害裡伸展，
密集的暗雲下不使人放心，
唪經人做了法事，回到孤獨裡，
莊嚴的神殿原不過一種猜想，

而雷終於說話了，自殺的屍首
雖然他們也歌唱而且歡欣，
卻無奈地隨着貴賓和唪經者，
是在一個星球上，向着西方移行。

一九四一、一月。

在寒冷的腊月的夜里

在寒冷的腊月的夜里，风扫着北方的平原，
北方的田野是枯干的，大麦和谷子已经推进了村庄，
岁月尽竭了，牲口憩息了，村外的小河冻结了，
在古老的路上，在田野的纵横里闪着一盏灯光，
一副厚重的，多纹的脸，
他想什么？他做什么？
在这亲切的，为吱哑的轮子压死的路上。

风向东吹，风向南吹，风在低矮的小街上旋转，
木格的窗纸堆着沙土，我们在泥草的屋顶下安眠，
谁家的儿郎吓哭了，哇——呜——呜——从屋顶传过屋顶，
他就要长大了渐渐和我们一样地躺下，一样地打鼾，
从屋顶传过屋顶，风
这样大岁月这样悠久，
我们不能够听见，我们不能够听见。

火熄了么？红的炭火拨灭了么？一个声音说，
我们的祖先是已经睡了，睡在离我们不远的地方，
所有的故事已经讲完了，只剩下了灰烬的遗留，
在我们没有安慰的梦里，在他们走来又走去以后，
在门口，那些用旧了的镰刀，
锄头，牛轭，石磨，大车，
静静地，正承接着雪花的飘落。

一九四一，二月。

在寒冷的臘月的夜裏

在寒冷的臘月的夜裡，風掃着北方的平原，
北方的田野是枯乾的，大麥和穀子已經推進了村莊，
歲月盡竭了，牲口憩息了，村外的小河凍結了，
在古老的路上，在田野的縱橫裡閃着一盞燈光，
　一副厚重的，多紋的臉，
　他想什麽？他做什麽？
　在這親切的，爲吱啞的輪子壓死的路上。

風向東吹，風向南吹，風在低矮的小街上旋轉，
木格的窗紙堆着沙土，我們在泥草的屋頂下安眠，
誰家的兒郎嚇哭了，哇—嗚—嗚—從屋頂傳過屋頂，
他就要長大了漸漸和我們一樣地躺下，一樣地打鼾，
　從屋頂傳過屋頂，風
　這樣大歲月這樣悠久，
　我們不能夠聽見，我們不能夠聽見。

火熄了麽？紅的炭火撥滅了麽？一個聲音說，
我們的祖先是已經睡了，睡在離我們不遠的地方，
所有的故事已經講完了，只剩下了灰燼的遺留，
在我們沒有安慰的夢裡，在他們走來又走去以後，
　在門口，那些用舊了的鐮刀，
　鋤頭，牛軛，石磨，大車，
　靜靜地，正承接着雪花的飄落。

一九四一，十二月。

夜晚的告别

她说再见，一笑带上了门，
她是活泼，美丽，而且多情的，
在门外我听见了一个声音，
风在怒号，海上的舟子嘶声地喊：
什么是你认为真的，美的，善的？
什么是你的理想的探求？
一副毒剂。我们失去了安乐。

风粗暴地吹打，海上这样凶险，
我听不见她的温柔的呼求了，
风粗暴地吹打，当我
在冷清的街道一上一下，
多少亲切的，可爱的，微笑的，
是这样的面孔让她向我说，
你是冷酷的。你是不是冷酷的？

我是太爱，太爱那些面孔了，
他们谄媚我，耳语我，讽笑我，
鬼脸，阴谋，和纸糊的假人，
使我的一拳落空，使我想起
老年人将怎样枉然地太息。
因为青春是短促的。当她说
你是冷酷的。你是不是冷酷的？

一个活泼，美丽，多情的女郎，
她愿意幻想海上的风光，

夜晚的告別

她說再見，一笑帶上了門，
她是活潑，美麗，而且多情的，
在門外我聽見了一個聲音，
風在怒號，海上的舟子嘶聲吶喊：
什麼是你認爲眞的，美的，善的？
什麼是你的理想的探求？
一付髒劑。我們失去了安樂。

風粗暴地吹打，海上還樣凶險，
我聽不見她的[illegible]的呼求了，
風粗暴地吹打，當我
在冷清的街道一上一下，
多少親切的，可愛的，微笑的，
是這樣的面孔讓她向我說，
你是冷酷的。你是不是冷酷的？

我是太愛，太愛那些面孔了，
他們諂媚我，耳語我，諷笑我，
鬼臉，陰謀，和紙糊的假人，
使我的一拳落空，使我想起
老年人將怎樣枉然[illegible]太息。
因爲青春是短促的。當她說，
你是冷酷的。你是不是冷酷的？

一個活潑，美麗，多情的女郎，
她願意[illegible]海上的風光，

那些坦白后的激动和心跳，
热情的眼泪，互助，温暖……
谁知道，在海潮似的面孔中，
也许将多了她的动人的脸——
我不奇异。这样的世界没有边沿。

在冷清的街道上，我独自
走回多少次了：多情的思索
是不好的，它要给我以伤害，
当我有了累赘的良心。
嘶声的舟子驾驶着船，
他不能倾覆和人去谈天，
在海底，一切是那样的安闲！

一九四一，三月。

那些坦白後的激動和心跳，
熱情的眼淚，互助，溫暖……
誰知道，在海潮似的面孔中，
也許將多了她的動人的臉——
我不奇異。這樣的世界沒有邊沿。

在冷清街道上，我獨自
走回多少次了：多情的思索
是不好的，它要給我以傷害，
當我有了累贅的良心。
嘶聲的舟子駕駛着船，
他不能傾覆和人去談天，
在海底，一切是那樣的安閒！

一九四一，三月。

鼠穴

我们的父亲，祖父，曾祖，
多少古人借他们还魂，
多少个骷髅露齿冷笑，
当他们探进丰润的面孔，
计议，诋毁，或者祝福，

虽然他们现在是死了，
虽然他们从没有活过，
却已留下了不死的记忆，
当我们乞求自己的生活，
在形成我们的一把灰尘里，

我们是沉默，沉默，又沉默，
在祭祖的发霉的顶楼里，
用嗅觉摸索一定的途径，
有一点异味我们逃跑，
我们的话声说在背后，

有谁敢叫出不同的声音？
不甘于恐惧，他终要被放逐，
这个恩给我们的仇敌；
一切的繁华是我们做出，
我们被称为社会的砥柱，

因为，你知道，我们是
不败的英雄，有一条软骨，
我们也愿意我们不敢愿意的，
虽然我们是在啃啮，啃啮
所有的新芽和旧果。

一九四一，三月。

鼠穴

我們的父親，祖父，曾祖，
多少古人藉他們還魂，
多少個骷髏露齒冷笑，
當他們探進豐潤的面孔，
計議，詆毁，或者祝福，

雖然他們現在是死了，
雖然他們從沒有活過，
却已留下了不死的記憶，
當我們乞求自已的生活，
在形成我們的一把灰塵裡，

空一行

我們是沉默，沉默，又沉默，
在祭祖的發霉的頂樓裡，
用嗅覺摸索一定的途徑，
有一點異味我們逃跑，
我們的話聲說在背後，

有誰敢叫出不同的聲音？
不甘於恐懼，他終要被放逐——
這個恩給我們的仇敵；
一切的繁華是我們做出，
我們被稱爲社會的砥柱，

因爲，你知道，我們是
不敗的英雄，有一條軟骨，
~~我們也知道什麼是對錯~~，願意我們不敢願意的，
雖然我們是在啃嚙，啃嚙
所有的新芽和舊果。

一九四一，三月。

我向自己说

我不再祈求那不可能的了，上帝，
当可能还在不可能的时候，
生命的变质，爱的缺陷，纯洁的冷却
这些我都承继下来了，我所祈求的

因为越来越显出了你的威力，
从学校一步就跨进你的教堂里，
是在这里过去变成了罪恶，
而我匍匐着，在命定的绵羊的地位，

不不，虽然我已渐渐被你收回了，
虽然我已知道了学校的残酷
在无数的绝望以后，别让我
把那些课程在你的坛下忏悔，

虽然不断的暗笑在周身传开，
而恩赐我的人绝望地叹息，
不不，当可能还在不可能的时候，
我仅存的血正毒恶地澎湃。

一九四一，三月。

我向自己說

我不再祈求那不可能的了，上帝，
當可能還在不可能的時候，
生命的變質，愛的缺陷，純潔的冷却，
這些我都承繼下來了，我所祈求的

因爲越來越顯出了你的威力，
從學校一步就跨進你的教堂裡，
是在這裡過去變成了罪惡，
而我們衍着，在命定的綿羊的地位，

不不，雖然我已漸漸被你~~[illegible]~~收回了，
雖然我已知道了學校的殘酷
在無數的絕望以後，別讓我
把那些課程在你的壇下懺悔，

雖然不斷的暗笑在週身傳開，
而恩賜我的人絕望地嘆息，
不不，當可能還在不可能的時候，
我僅存的血正毒惡地澎湃。

一九四一，三月。

神魔之争

东风：

太阳出来了，海已经静止，
苏醒的大地朝向我转移。
O光明！O生命！O宇宙！
我是诞生者，在一拥抱间，
无力的繁星触我而流去，

来自虚无，我轻捷的飞跑，
那里是方向？方向的脚步
迟疑的，正在随我而扬起。
在篱下有一枝新鲜的玫瑰，
为我燃烧着，寂寞的哭泣，

虽然她和我一样的古老，
恋语着，不知道多少年了，
虽然她生了又死，死了又生，
游荡着，穿过那没有爱憎的地方，
重到这腐烂了一层的岩石上，

在山谷，河流，绿色的平原，
那最后诞生的是人类的乐声，
因我的吹动，每一年更动听，
但我不过扬起古老的愚蠢：
正义，公理，和世代的纷争——

神魔之爭

東風：

太陽出來了，海已經靜止，
蘇醒的大地朝向我轉移。
O光明！O生命！O宇宙！
我是誕生者，在一擁抱間，
[illegible]的繁星觸我而流去，

來自虛無，我輕捷的飛跑，
那裡是方向？方向的腳步
遲疑的，正在隨我而揚起。
在籬下有一枝新鮮的玫瑰，
爲我燃燒着，寂寞的哭泣，

雖然我和牠一樣的古老，
纏語着，不知道多少年了，
雖然牠生了又死，死了又生，
[illegible]着，穿過那[illegible]的地方，
直到這腐爛了一層的岩石上，

在山谷，河流，綠色的平原，
那最[illegible]的是人類的樂聲，
因我的吹動，每一年更動聽，
但我不過揚起古老的愚蠢：
正義，公理，和世代的紛爭——

〇旋转！虽然人类在毁灭
他们从腐烂得来的生命：
我愿站在年幼的风景前，
一个老人看着他的儿孙争闹，
憩息着，轻拂着枝叶微笑。

神：

一切和谐的顶点，这里
是我。

魔：

而我，永远的破坏者。

神：

不。它不能破坏，一如
爱的誓言。它不能破坏，
当远古的圣殿屹立在海岸，
承受风浪的吹打，拥抱着
多少英雄的血，多少歌声
流去了，留下了膜拜者，
当心心联起像一座山，
永远的生长，为幸福荫蔽
直耸到云霄，美德的天堂，
是弱者的渴慕，不屈的
恩赏。

你不能。

魔：

是的，我不能。
因为你有这样的力！你有
双翼的铜像，指挥在
大理石的街心。你有胜利的

○旋轉！雖然人類在毀滅
他們從腐爛得來的生命：
我願站在年幼的風景前，
一個老人看着他的兒孫爭鬧，
憩息着，輕拂着枝葉微笑○

神：

一切合諧的頂點，這裡
是我○

魔：

而我，永遠的破壞者○

神：

不○宅不能破壞，一如
愛的誓言○宅不能破壞，
當遠古的聖殿屹立在海岸，
承受風浪的吹打，擁抱着
多少英雄的血，多少歌聲
流去了，留下了膜拜者，
當心心聯起像一座山，
永遠的生長，爲幸福蔭蔽
直聳到雲霄，美德的天堂，
是弱者的渴慕，不屈的
恩賞○

你不能。

魔：

是的，我不能。
因爲你有這樣的力！你有
雙翼的銅像，指揮在[illegible]
大理石的街心。你有勝利的

博览会，古典的文物，
聪明，高贵，神圣的契约。
你有自由，正义，和一切
我不能有的。
　　　O，我有什么！
在寒冷的山地，荒漠，和草原，
当东风耳语着树叶，当你
启示给你的子民，散播了
最快乐的一年中最快乐的季节，
他们有什么？那些轮回的
牛，马，和虫豸。我看见
空茫，一如在被你放逐的
凶险的海上，在那无法的
眼里，被你抛弃的渣滓，
他们枉然，向海上的波涛
倾泻着疯狂。O我有什么！
无言的机械按在你脚下，
充塞着煤烟，烈火，听从你
当毁灭每一天贪婪的等待，
他们是铁钉，木板。相互
磨出来你的营养。
　　　O，天！
不，这样的呼喊有什么用？
因为就是在你的奖励下，
他们得到的，是耻辱，灭亡。

神：

仁义在那里？责任，理性，
永远逝去了！反抗书写在

博覽會，古典的文物，
聰明，高貴，神聖的契約。
你有自由，正義，和一切
我不能有的。

　　　O，我有什麼！
在寒冷的山地，荒漠，和草原，
當東風耳語着樹葉，當你
啓示給你的子民，散播了
最快樂的一年中最快樂的季節，
他們有什麼？那些輪迴的
牛，馬，和蟲豸。我看見
空茫，一如在被你放逐的
凶險的海上，在那無法的
眼裡，被你拋棄的渣滓，
他們枉然，向海上的波濤
傾瀉着瘋狂。O我有什麼！
無言的機械按在你脚下，
充塞着煤煙，烈火，聽從你
當毀滅每一天貪婪的等待，
他們是鐵釘，木板。相互
磨出來你的營養。

　　　O，天！
不，這樣的呼喊有什麼用？
因爲就是在你的獎勵下，
他們得到的，是耻辱，滅亡。

神：

仁義在那裡？責任，理性，
永遠逝去了！反抗書寫在

你的脸上。而你的话语，
那一锅滚沸的水泡下，
奔窜着烈火，是自负，
无知，地狱的花果。
你已铸出了自己的灭亡，
那爱你的将为你的忏悔
喜悦，为你的顽固悲伤。

我是谁？在时间的河流里，
一盏起伏的，永远的明灯。
我听过希腊诗人的歌颂，
浸过以色列的圣水，印度的
佛光。我在中原赐给了
智慧的诞生。在幽明的天空下，
我引导了多少游牧的民族，
从高原到海岸，从死到生，
无数帝国的吸力，千万个庙堂
因我的降临而欢乐。
　　现在，
我错了吗？当暴力，混乱，罪恶，
要来充塞时间的河流。一切
光辉的再不能流过，就是小草
也将在你的统治下呻吟。
我错了吗？所有的荣誉，
法律，美丽的传统，回答我！

　　魔：
黑色的风，如果你还有牙齿，
诅咒！

你的臉上。而你的話語，
那一鍋滾沸的水泡下，
奔竄着烈火，是自負，
無知，地獄的花果。
你已鑄出了自己的滅亡，
那愛你的將爲你的懺悔
喜悅，爲你的頑固悲傷。

我是誰？在時間的河流裡，
一盞起伏的，永遠的明燈。
我聽過希臘詩人的歌頌，
浸過以色列的聖水，印度的
佛光。我在中原賜給了
智慧的誕生。在幽明的天空下，
我引導了多少遊牧的民族，
從高原到海岸，從死到生，
無數帝國的吸力，千萬個廟堂
因我的降臨而歡樂。
現在，
我錯了嗎？當暴力，混亂，罪惡，
要來充塞時間的河流。一切
光輝的再不能流過，就是小草
也將在你的統治下呻吟。
我錯了嗎？所有的榮譽，
法律，美麗的傳統，回答我！
魔：
黑色的風，如果你還有牙齒，
詛咒！

暴躁的波涛也别在深渊里
滚转着你毒恶的泛滥，
让奸诈的，凶狠的，饥渴的死灵，
蟒蛇，刀叉，冰山的化身，
整个的泼去，
在错误和错误上，
凡是母亲的孩子，拿你的一份！

神：
畏惧是不当的，我所恐怕的
已经来临了。
在我的威力下奔驰的，你们
〇，纵横的山脉，
拧起我的筋骨来！在我胸上，
让炸弹，炮火，混乱的城市，
喷出我洁净的，合谐的感情。
站在旋风的顶尖，我等待
你涌来的血的河流——沉落，
当我收束起暴风雨的天空，
而阴暗的重云再露出彩虹。

林妖合唱：
谁知道我们什么做成？
啄木鸟的回答：叮当！
我们知道自己的愚蠢，
一如树叶永远的红。
谁知道生命多么长久？
一半是醒着，一半是梦。
我们活着是死，死着是生，

暴燥的波濤也別在深淵裡
滾轉着你毒惡的氾濫，
讓奸詐的，凶狠的，飢渴的死靈，
蟒蛇，刀叉，冰山的化身，
整個的潑去，
在錯誤和錯誤上，
凡是母親的孩子，拿你的一份！

神：

畏懼是不當的，我所恐怕的
已經來臨了。
O，縱橫的山脈，
在我的威力下奔馳的，你們
撑起我的筋骨來！在我胸上，
讓炸彈，炮火，混亂的城市，
噴出我潔淨的，合諧的感情。
站在旋風的頂尖，我等待
你湧來的血的河流——沉落，
當我收束起暴風雨的天空，
而陰暗的重雲再露出彩虹。

林妖合唱：

誰知道我們什麼做成？
啄木鳥的回答：叮嚀！
我們知道自己的愚蠢，
一如樹葉永遠的紅。

誰知道生命多麼長久？
一半是醒着，一半是夢。
我們活着是死，死着是生，

呵，没有人过得更为聪明。

小河的流水向我们说，
谁能够数出天上的星？
但是在黑夜，你只好摇头，
当太阳照耀着，我们能。

这里是红花，那里是绿草，
谁知道它们怎样生存？
呵没有，没有，没有一个，
我们知道自己的愚蠢。

林妖甲：
白日是长的，虽然生命
短得像一句叹息。我们怎样
消磨这光亮？亲爱的羊，
小鹿，鼹鼠，蚯蚓，告诉我。
深入羞怯的山谷，我们将
换去她的衣裳？还是追逐
嗡营里，蜜蜂的梦？或者，
钻入泥土听年老的树根
讲它的故事？
O谁在那儿？
那是什么？

林妖乙：
那是火！
从四面向我们扑来。
O看！树木已露出黑色的头发
向上飘扬，它的温柔的胸怀

呵，沒有人過得更爲聰明。

小河的流水向我們說，
誰能够數出天上的星？
但是在黑夜，你只好搖頭，
當太陽照耀着，我們能。

這裡是紅花，那裡是綠草，
誰知道它們怎樣生存？
呵沒有，沒有，沒有一個，
我們知道自己的愚蠢。

林妖甲：
白日是長的，雖然生命
短得像一句嘆息。我們怎樣
消磨這光亮？親愛的羊，
小鹿，鼴鼠，蚯蚓，告訴我。
深入羞怯的山谷，我們將
撲[illegible]她的衣裳？還是追逐
嗡營裡，蜜蜂的夢？或者，
鑽入泥土聽年老的樹根
講它的故事？
　　　　O誰在那兒？
那是什麼？
　　林妖乙：
那是火！
　　　從四面像我們撲來。
O看！樹木已露出黑色的頭髮
向上飄揚，它的溫柔的胸懷

也卷动着红色的舌头！
　　〇火！火！

　魔：
不要躲避我残酷的拥抱，
这空虚的心正期待着血的满足！
没有同情，没有一只温暖
的手，抚慰我的创痕。
　　　　　　但是，
为什么我要渴求这些？
为什么我要渴求茫昧的笑，
一句哄骗的话语，或者等待
成列的天使歌舞在墓前
掷洒着花朵？全世的繁华
不为我而生，当忧苦，失败，
随我每一个地方，张开口，
我的吞没是它的满足，渗和着
使我痛裂的冷笑。然而幸免，
诅咒又将在我头上，我不能
取悦又不能逃脱。因为我是
过去，现在，将来，死不悔悟的
天神的仇敌。
　　　　那些在乐园里
豢养的猫狗，鹦鹉，八哥，
为什么我不是？娱乐自己，
他们就得到了权力的恩宠，
当刀山，沸油，绝望，压出来
我终日终年的叹息，还有什么
我能期望的？天庭的合谐

也捲動着紅色的舌頭！
〇火！火！

魔：
不要躲避我殘酷的擁抱，
這空虛的心正期待着血的滿足！
沒有同情，沒有一隻溫暖
的手，撫慰我的創痕。
但是，
爲什麼我要渴求這些？
爲什麼我要渴求茫昧的笑，
一句哄騙的話語，或者等待
成列的天使歌舞在墓前
擲灑着花朵？全世的繁華
不爲我而生，當憂害，失敗，
隨我每一個地方，張開口，
我的吞沒是它的滿足，滲合着
使我痛裂的冷笑。然而倖免，
詛咒又將在我頭上，我不能
取悅又不能逃脫。因爲我是
過去，現在，將來，死不悔悟的
天神的仇敵。
那些在樂園裡
豢養的猫狗，鸚鵡，八哥，
爲什麼我不是？娛樂自己，
他們就得到了極力的恩寵，
當刀山，沸油，絕望，壓出來
我終日終年的嘆息，還有什麼
我能期望的？天庭的合諧

关我在外面，让幽暗
向我讽笑，每一次愤怒
给我雕出更可憎的容颜。
而我的眼泪，O不！为什么
我要哭泣，那只会得到
他的厌恶。
我比他更坏吗？
全宇宙的生命，你们回答我，
当我领有了天国。
O，战争！

林妖：
他来了，一个永远的不，
走进自然的占有的网，
O他来了点起满天的火焰，
和刚刚平息的血肉的纷争。

O永明的太阳！你的温暖
枉然的在我们的心里旋转，
自然的爱情朝一处茁生，
而人世却把它不断的割分。

像草上的露珠，O和平！
教给我们无边的扩展，
当晨光，树林，天空，飞鸟，
欢欣的，在一颗泪里团圆。

那给我们带来光亮的眼睛
还要向着地面的灰尘固定，

關我在外面，讓幽暗
向我諷笑，每一次憤怒
給我雕出更可憎的容顏。
而我的眼淚，O不！爲什麼
我要哭泣，那只會得到
他的厭惡。

　　我比他更壞嗎？
全宇宙的生命，你們回答我，
當我領有了天國。

　　　　O，戰爭！

林妖：

他來了，一個永遠的不，
走進白熱的佔有的網，
O他來了點起滿天的火焰，
和剛剛平息的血肉的紛爭。

O永明的太陽！你的溫暖
枉然的在我們的心裏旋轉，
自然的愛情朝一處茁生，
而人世卻把它不斷的割分。

像草上的露珠，O和平！
教給我們無邊的擴展，
當晨光，樹林，天空，飛鳥，
歡欣的，在一顆淚裏團圓。

那給我們帶來光亮的眼睛
還要向着地面的灰塵固定，

一颗种子也不能够伸叶，开花，
为现实抱紧，它做着空虚的梦。

O回来吧，希望！你的辽阔
已给我们罩下更浓的幽暗，
诚实的爱情也不要走远，
它是危险的，给人以伤痛。

在那短暂的，稀薄的空间，
我们的家成了我们的死亡。
O，谁能够看见生命的尊严？
和我们去，和我们去，把一切遗忘！

东风：
我的孩子，虽然这一切
由我创造，我对我爱的
最为残忍。我知道，我给了你
过早的诞生，而你的死亡，
也没有血痕，因为你是
留存在每一个人的微笑中，
你是终止的，最后的完整。

当宇宙开始，岩石的热
拒绝雨水的侵蚀，所以长久
地球上凝皱着阴霾的面孔，
暴击，坚硬，于是有海，
海里翻动着交搏的生命，
弱者不见了，那些暗杀者
伸出水外，依旧侵蚀着

一顆種子也不能够伸葉，開花，
爲現實抱緊，它做着空虛的夢。

O回來吧，希望！你的遼濶
已給我們罩下更濃的幽暗，
誠實的愛情也不要走遠，
它是危險的，給人以傷痛。

在那短暫的，稀薄的空間，
我們的家成了我們的死亡。
O，誰能够看見生命的尊嚴？
和我們去，和我們去，把一切遺忘！

東風：

我的孩子，雖然這一切
由我創造，我對我愛的
最爲殘忍。我知道，我給了你
過早的誕生，而你的死亡，
也沒有血痕，因爲你是
留存在每一個人的微笑中，
你是終止的，最後的完整。

當宇宙開始，石的熱
拒絕雨水的侵蝕，所以長久
地球上凝皺着陰霾的面孔，
暴擊，堅硬，於是有海，
海裏翻動着交搏的生命，
弱者不見了，那些暗殺者
伸出水外，依舊侵蝕着

地层。历史还正年青，
在泥土里，你可以看见
树根和树根的缠绕——
虽然它的枝叶，在轻闲的
摇摆，是胜利的骄傲。到处
微菌和微菌，力和力，
存在和虚无，无情的战斗。

没有地方你能够逃脱，
正如我把种子到处去播散，
让烈火烧遍，均衡着力量，
于是岩石上将会得到
温煦的老年。然而现在
既然在笑脸里，你看见
阴谋，在欢乐里，冷酷，
在至高的理想隐藏着
彼此的杀伤。你所渴望的，
远不能来临。你只有死亡，
我的孩子，你只有死亡。

林妖合唱：

谁知道我们什么做成？
啄木鸟的回答：叮当！
我们知道自己的愚蠢，
一如树叶永远的红。

谁知道生命多么长久？
一半是醒着，一半是梦。
我们活着是死，死着是生，

地層●歷史還正年青，
在泥土裏，你可以看見
樹根和樹根的纏繞——
雖然它的枝葉，在輕閒的
搖擺，是勝利的驕傲。到處
微菌和微菌，力和力，
存在和虛無，無情的戰鬥。

沒有地方你能夠逃脫，
正如我把種子到處去播散，
讓烈火燒遍，均衡着力量，
於是岩石上將會得到
溫煦的老年。然而現在
既然在笑臉裏，你看見
陰謀，在歡樂裡，冷酷，
在至高的理想隱藏着
彼此的殺傷。你所渴望的，
遠不能來臨。你只有死亡，
我的孩子，你只有死亡。

林妖合唱：

誰知道我們什麼做成？
啄木鳥的回答：叮，咚！
我們知道自己的愚蠢，
一如樹葉永遠的紅。

誰知道生命多麼長久？
一半是醒着，一半是夢。
我們活着是死，死着是生，

呵，没有谁过得更为聪明。

小河的流水向我们说，
谁能够数出天上的星？
但是在黑夜，你只有摇头，
当太阳照耀着，我们能。

这里是红花，那里是绿草，
谁知道它们怎样生存？
呵没有，没有，没有一个，
我们知道自己的愚蠢。

一九四一年，六月。

呵，沒有誰過得更爲聰明。

小河的流水向我們說，
誰能够數出天上的星？
但是在黑夜，你只有搖頭，
當太陽照耀着，我們能。

這裡是紅花，那裡是綠草，
誰知道它們怎樣生存？
呵沒有，沒有，沒有一個，
我們知道自己的愚蠢。

一九四一年，六月作。
~~一九四七年，三月重訂。~~

哀悼

是这样广大的病院，
O太阳一天的旅程！
我们为了至大的欢乐，
这里跪拜，那里去寻找，
我们的心哭泣着，枉然。

O，那里是我们的医生？
躲远！他有他自己的病症，
一如我们每日的传染。
人世的幸福在于欺瞒
达到了一个和谐的顶尖。

O爱情，O希望，O勇敢，
你使我们拾起又唾弃，
唾弃了，我们自己受了伤！
我们躺下来没有救治，
我们走去，O无边的荒凉！

一九四一，七月。

哀悼

是這樣廣大的病院，
O太陽一天的旅程！
我們爲了至大的歡樂，
這裡跪拜，那裡去尋找，
我們的心哭泣着，枉然。

O，那裡是我們的醫生？
躲遠！他有他自己的病症。
一如我們每日的傳染。
人世的幸福在於欺瞞
達到了一個和諧的頂尖。

O愛情，O希望，O勇敢，
你使我們拾起又唾棄，
唾棄了，我們自己受了傷！
我們停下來沒有救治，
我們走去，O無邊的荒凉！

一九四一，七月。

小镇一日

在荒山里有一条公路，
公路扬起身，看见宇宙，
像忽然感到了无限的苍老，
在谷外的小平原上，有树，
有树荫下的茶摊，
有茶摊旁聚集的小孩，
这里它歇下来了，在长长的
绝望的叹息以后，
重又着绿，舒缓，生长。

可怜的渺小，凡是路过这里的
也暂时得到了世界的遗忘：
那幽暗屋檐下穿织的蝙蝠，
那染在水洼里的夕阳，
和那个杂货铺的老板，
一脸的智慧，慈祥，
他向我说『你先生好呵，』
我祝他好，他就要路过
从年青的荒唐
到那小庙旁的山上，
和韦护，韩湘子，黄三姑，
同来拔去变成老树的妖精，
或者在夏夜，满天星，
故意隐约着，恫吓着行人。
现在他笑着，他说，

小鎮一日

在荒山裡有一條公路，
公路揚起身，看見宇宙，
像忽然感到了無限的蒼老；
在谷外的小平原上，有樹，
有樹蔭下的茶攤，
有茶攤旁聚集的小孩，
這裡它歇下來了，在長長的
絕望的嘆息以後，
重又着綠，舒緩，生長。

可憐的渺小。凡是路過這裡的
也暫時得到了世界的遺忘：
那幽暗屋簷下穿織的蝙蝠，
那染在水窪裡的夕陽，
和那個雜貨舖的老闆，
一臉的智慧，慈祥，
他向我說「你先生好呵，」
我祝他好，他就要路過
從年青的荒唐
到那小廟旁的山上，
和韋護，韓湘子，黃三姑，
同來拔去變成老樹的妖精，
或者在夏夜，滿天星，
故意隱約着，恫嚇着行人。

現在他笑着，他說，

（指着一个流鼻涕的孩子，
一个煮饭的瘦小的姑娘，
和吊在背上的憨笑的婴孩：）
『咳，他们耗去了我整个的心！』
一个渐渐地学会插秧了，
就要成为最勤快的帮手，
就要代替，主宰，我想，
像是无记录的帝室的更换。
一个，谁能够比她更为完美？
缝补，挑水，看见媒婆，
也会低头跑到邻家，
想一想，疑心每一个年青人，
虽然命运是把她嫁给了
呵，城市人的蔑视？或者是
一如她未来的憨笑的婴孩，
永远被围在百年前的
梦里，不能够出来！

一个旅人从远方而来，
又走向远方而去了，
这儿，他只是站站脚，
看一看蔚蓝的天空
和天空中升起的炊烟，
他知道，这不过是时间的浪费，
仿佛是在办公室，他抬头
看一看壁上油画的远景，
值不得说起，也没有名字，
在他日渐繁复的地图上，

（指着一個流鼻涕的孩子，
一個煮飯的瘦小的姑娘，
和吊在背上的憨笑的嬰孩，）
「唉，他們耗去了我整個的心！」
一個漸漸地學會插秧了，
就要成爲最勤快的幫手，
就要代替，主宰，我想，
像是無記錄的帝室的更換。
一個，誰能够比她更爲完美？
縫補，挑水，看見媒婆，
也會低頭跑到鄰家，
想一想，疑心每一個年青人，
雖然命運是把她嫁給了
呵，城市人的蔑視？或者是
一如她未來的憨笑的嬰孩，
永遠被圍在百年前的
夢裡，不能够出來！

一個旅人從遠方而來，
又走向遠方而去了，
這兒，他只是站站脚，
看一看蔚藍的天空
和天空中升起的炊烟，
他知道，這不過是時間的浪費，
彷彿是在辦公室，他抬頭
看一看壁上油畫的遠景，
値不得說起，也沒有名字，
在他日漸繁複的地圖上，

沉思着，互扭着，然而黄昏
来了，吸净了点和线，
当在城市和城市之间，
落下了广大的，甜静的黑暗。
没有观念，也没有轮廓，
在虫声里，田野，树林，
和石铺的村路有一个声音，
如果你走过，你知道，
朦胧的，郊野在诱唤
老婆婆的故事，——
很久了，异乡的客人
怎能够听见？那是讲给
迟归的胆怯的农人，
那是美丽的，信仰的化身。
他惊奇，心跳，或者奔回
从一个妖仙的王国
穿进了古堡似的村门，
在那里防护的，是微菌，
疾病，和生活的艰苦。
皱眉吗？他们更不幸吗，
比那些史前的穴居的人？
也许，因为正有歇晚的壮汉
是围在诅咒的话声中，
也许，一切的挣扎都休止了，
只有鸡，狗，和拱嘴的小猪，
从它们白日获得的印象，
迸出了一些零碎的
鼾声和梦想。

沉思着，互扭着，然而黃昏
來了，吸凈了點和線，
當在城市和城市之間，
落下了廣大的，甜靜的黑暗。
沒有觀念，也沒有輪廓，
在蟲聲裡，田野，樹林，
和石舖的村路有一個聲音，
如果你走過，你知道，
朦朧的，郊野在誘喚
老婆婆的故事，——
很久了。異樣的客人
怎能夠聽見？那是講給
遲歸的胆怯的農人，
那是美麗的，信仰的化身。
他驚奇，心跳，或者奔回
從一個妖仙的王國
穿進了古堡似的村門，
在那裡防護的，是黴菌，
疾病，和生活的艱苦。
皺眉嗎？他們更不幸嗎，
比那些史前的穴居的人？
也許，因爲正有歇晚的壯漢
是圍在詛咒的話聲中，
也許，一切的掙扎都休止了，
只有鷄，狗，和拱嘴的小豬，
從它們白日獲得的印象，
迸出了一些零碎的
酣聲和夢想。

所有的市集的嘈杂，
流汗，笑脸，叫骂，骚动，
当公路渐渐地向远山爬行，
别了，我们快乐地逃开
这旋转在贫穷和无知中的人生。
我们叹息着，看着
在朝阳下，五光十色的，
一抹白雾笼罩下的屋顶，
抗拒着荒凉，丛聚着，
就仿佛大海留下的贝壳，
是来自一个刚强的血统。
从一个小镇旅行到大城，先生，
变换着年代，你走进了
文明的顶尖——
在同一的天空下也许
回忆起终年的斑鸠，
鸣噪在祖国的深心，
当你登楼，憩息，或者躺下
在一只巨大的黑手上，
这影子，是正朝向着那里爬行。

一九四一，七月。

所有的市集的嘈雜，
流汗，笑臉，叫罵，騷動，
當公路漸漸地向遠山爬行，
別了，我們快樂地逃開
這旋轉在貧窮和無知中的人生。
我們嘆息着，看着
在朝陽下，五光十色的，
一抹白霧下籠罩的屋頂，
抗拒着荒涼，聚聚着，
就彷彿大海留下的貝殼，
是來自一個剛强的血統。
從一個小鎮旅行到大城，先生，
變換着年代，你走進了
文明的頂尖——
在同一的天空下也許
回憶起終年的斑鳩，
鳴轉在祖國的深心，
當你登樓，憩息，或者躺下
在一隻巨大的黑手上，
這影子，是正朝向着那裡爬行。

一九四一，七月。

摇篮歌

——赠阿咪

流呵，流呵，
馨香的体温，
安静，安静，
流进宝宝小小的生命，
你的开始在我的心里，
当我和你的父亲
洋溢着爱情。

合起你的嘴来呵，
别学成人造作的声音，
让我的被时流冲去的面容
远远亲近着你的，乖乖！
去了，去了
我们多么羡慕你
柔和的声带。

摇呵，摇呵，
初生的火焰，
虽然我黑长的头发把你覆盖，
虽然我把你放进小小的身体，
你也就要来了，来到成人的世界里，
摇呵，摇呵，
我的忧郁，我的欢喜。

来呵，来呵，

搖籃歌

——贈阿咪

流呵，流呵，
馨香的體溫，
安靜，安靜，
流進寶寶小小的生命，
你的開始在我的心裡，
當我和你的父親
洋溢着愛情。

合起你的嘴來呵，
別學成人造做的聲音，
讓我的被時流冲去的面容
遠遠親近着你的，乖乖！
去了，去了，
我們多麼羨慕你
柔和的聲帶。

搖呵，搖呵，
初生的火焰，
雖然我黑長的頭髮把你覆蓋，
雖然我把你放進小小的身體，
你也就要來了，來到成人的世界裡，
搖呵，搖呵，
我的憂鬱，我的歡喜。

來呵，來呵，

无事的梦，
轻轻，轻轻，
落上宝宝微笑的眼睛，
等长大了你就要带着罪名，
从四面八方的嘴里
笼罩来的批评。

但愿你有无数的黄金
使你享到美德的永存，
一半掩遮，一半认真，
睡呵，睡呵，
在你的隔离的世界里，
别让任何敏锐的感觉
使你迷惑，使你苦痛。

睡呵，睡呵，我心的化身，
恶意的命运已和你同行，
它就要和我一起抚养
你的一生，你的纯净。
去吧，去吧，
为了幸福，
宝宝，先不要苏醒。

一九四一，十月。

無事的夢，
　輕輕，輕輕，
落上寶寶微笑的眼睛，
等長大了你就要帶着罪名，
　從四面八方的嘴裡
　籠罩來的批評。

但願你有無數的黃金
使你享到美德的永存，
一半掩遮，一半認眞，
　睡呵，睡呵，
在你的隔離的世界裡，
別讓任何敏銳的感覺
使你迷惑，使你苦痛。

睡呵，睡呵，我心的化身，
惡意的命運已和你同行，
它就要和我一起撫養
你的一生，你的純淨。
　去吧，去吧，
爲了幸福，
　寶寶，先不要蘇醒。

一九四一，十月。

黄昏

逆着太阳，我们一切影子就要告别了。
一天的侵蚀也停止了，像惊骇的鸟
欢笑从门口逃出来，从化学原料，
从电报条的紧张和它拼凑的意义，
从我们辩证的唯物的世界里，
欢笑悄悄地蹿出在城市的路上
浮在时流上吸饮。O现实的主人，
来到神奇里歇一会吧，枉然的水手，
可以凝止了。我们的周身已是现实的倾覆，
突立的树和高山，淡蓝的空气和炊烟，
是上帝的建筑在刹那中显现，
这里，生命另有它的意义等你揉圆。
你没有抬头吗看那燃烧着的窗？
那满天的火舌就随一切归于黯淡，
O让欢笑跃出在灰尘外翱翔，
当太阳，月亮，星星，伏在燃烧的窗外，
在无边的夜空等我们一块儿旋转。

一九四一，十二月。

黃昏

遇着太陽，我們一切影子就要告別了。
一天的侵蝕也停止了，像豁毀的鳥
微笑從門口逃出來，從化學原料，
從電報條的緊張和宅拼湊的意識，
從我們辯證的唯物的世界裡，
歡笑悄悄地踱出在城市的路上
浮在時流上吸飲。○現實的主人，
來到神奇裡歇一會吧，枉然的水手，
可以凝止了。我們的週身已是現實的傾覆，
突立的樹和高山，淡藍的空氣和炊煙，
是上帝的建築在刹那中顯現，
懷裡，生命另有它的意義等你揉圓。
你沒有抬頭嗎看那燃燒着的寶？
那滿天的火舌就隨一切歸於黯淡，
○讓微笑踊出在灰塵外翱翔，
當太陽，月亮，星星，伏在燃燒的窗外，
在無邊的夜空等我們一塊兒旋轉。

一九四一，十二月。

洗衣妇

一天又一天，你坐在这里，
重复着，你的工作终于
枉然，因为人们自己
就是脏污的，分泌的奴隶！
穿在日光下的鲜明的衣裳，
你的慰藉和男孩女孩的
好的印象，多么快就要
暗中回到你的手里求援。
于是世界永远的光烫，
而你的报酬是无尽的日子
在痛苦的洗刷里
在永不反悔里把人世装扮。
你给一切旧的点缀上希望。

一九四一，十二月。

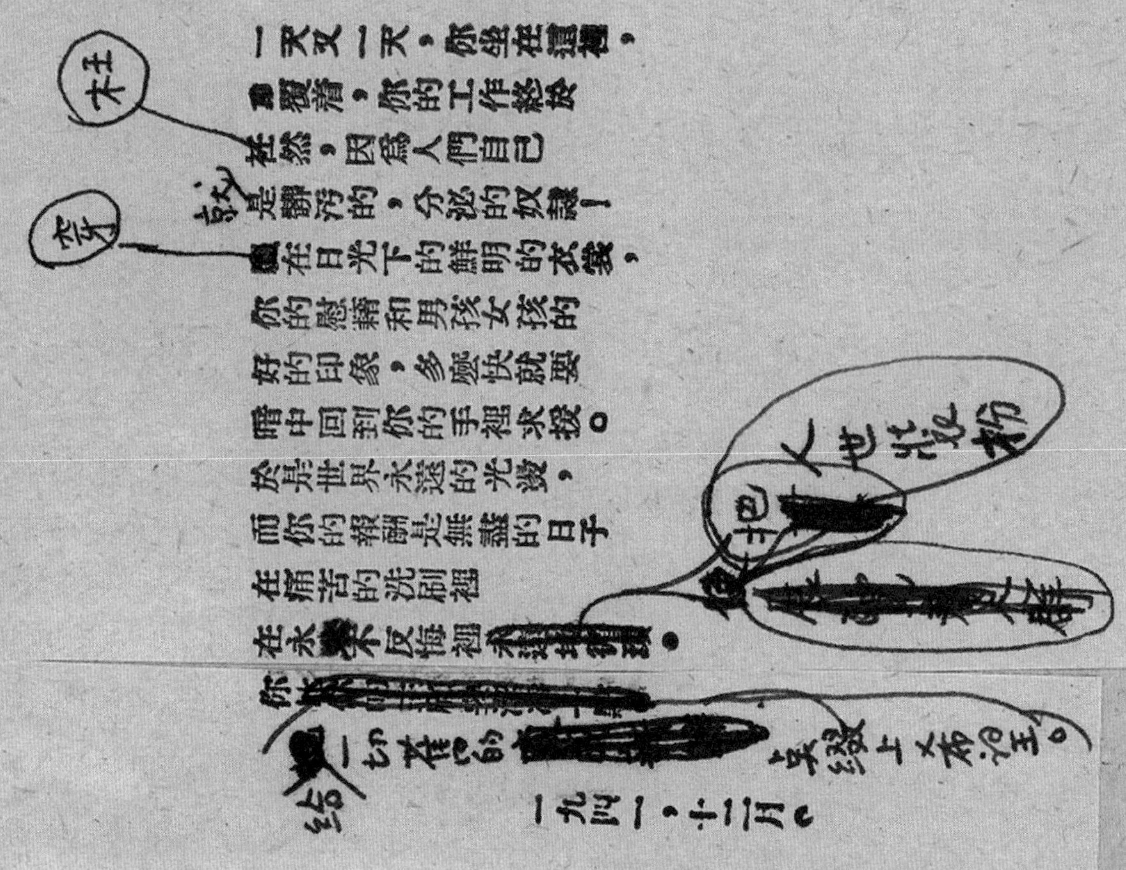

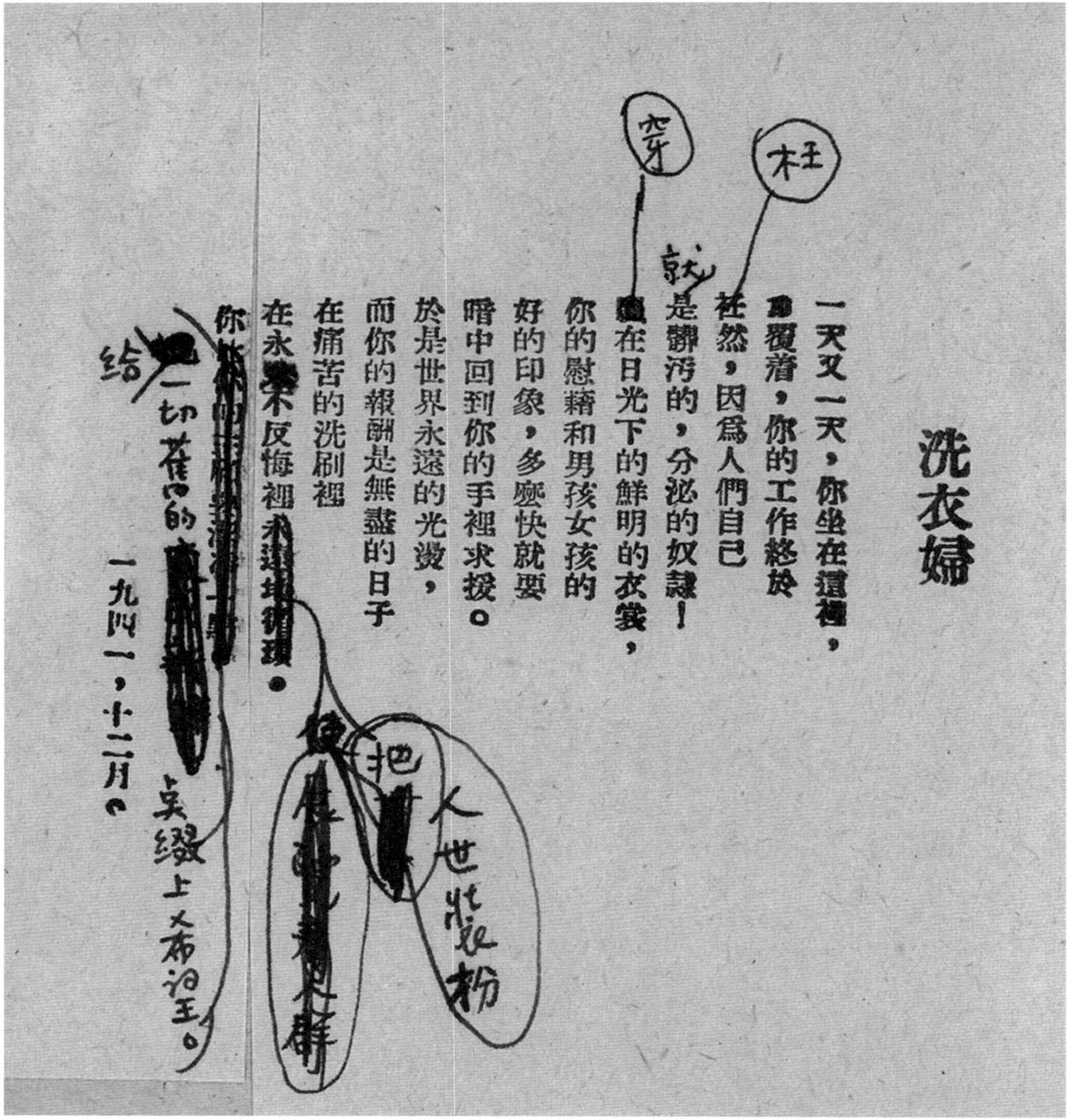

洗衣婦

一天又一天，你坐在這裡，
[redacted]覆着，你的工作終於
枉然，因爲人們自己
就是髒汚的，分泌的奴隸！
[redacted]在日光下的鮮明的衣裳，
你的慰藉和男孩女孩的
好的印象，多麽快就要
暗中回到你的手裡求援。
於是世界永遠的光彩，
而你的報酬是無盡的日子
在痛苦的洗刷裡
在永[redacted]不反悔裡永遠地循環。
你[redacted]
給[redacted]一切茬的[redacted]

一九四一，十二月。

报贩

这样的职务是应该颂扬的：
我们小小的乞丐，宣传家，信差，
一清早就学习翻跟斗，争吵，期待——
只为了把『昨天』写来的公文
放到『今天』的生命里，燃烧，变灰。

而整个城市在早晨八点钟
摇摆着如同风雨摇过松林，
当我们吃着早点我们的心就
承受全世界踏来的脚步——沉落
在太阳刚刚上升的雾色之中。

这以后我们就忙着去沉睡，
一处又一处，我们的梦被记载着
直到你们喊出来使我们吃惊。

一九四一，十二月。

報販

這樣的職務是應該頌揚的：
我們小小的乞丐，宣傳家，信差，
一清早就學習翻跟斗，爭吵，期待——
只爲了把「昨天」寫來的公文
放到「今天」的生命裡，燃燒，變灰。

而整個城市在早晨八點鐘
搖擺着如同風雨搖過松林，
當我們吃着早點我們的心就
承受全世界踏來的腳步——沉落，
在太陽剛剛上升的霧色之中。

這以後我們就忙着去沉睡，
一處又一處，我們的夢被[illegible]着
直到你們喊出來使我們吃驚。

一九四一，十二月。

春

绿色的火焰在草上摇曳，
他渴求着拥抱你，花朵。
反抗着土地，花朵伸出来，
当暖风吹来烦恼，或者欢乐。
如果你是醒了，推开窗子，
看这满园的欲望多么美丽。

蓝天下，为永远的谜迷惑着
是我们二十岁的紧闭的肉体，
一如那泥土做成的鸟的歌，
你们被点燃却无处归依。
呵，光，影，声，色，都已经赤裸，
痛苦着，等待伸入新的组合。

一九四二，二月。

春

綠色的火燄在草上搖曳，
他渴求着擁抱你，花朵。
反抗着土地，花朵伸出來，
當晙風吹來煩惱，或者歡樂。
如果你是醒了，推開窗子，
看這滿園的欲望多麼美麗。

藍天下，爲永遠的謎迷惑着
是我們二十歲的緊閉的肉體，
一如那泥土做成的鳥的歌，
你們被點燃[illegible]卻無處歸依。
呵，光，影，聲，色，都已經赤裸，
痛苦着，等待伸入新的組合。

一九四二，二月。

诗八章

（一）

你底眼睛看见这一场火灾，
你看不见我，虽然我为你点燃；
唉，那燃烧着的不过是成熟的年代，
你底，我底。我们相隔如重山！

从这自然底蜕变底程序里，
我却爱了一个暂时的你。
即使我哭泣，变灰，变灰又新生，
姑娘，那只是上帝玩弄他自己。

（二）

水流山石间沉淀下你我，
而我们成长，在死底子宫里。
在无数的可能里一个变形的生命
永远不能完成他自己。

我和你谈话，相信你，爱你，
这时候就听见我底主暗笑，
不断地他添来另外的你我
使我们丰富而且危险。

（三）

你底年龄里的小小野兽，
它和春草一样地呼吸，
它带来你底颜色，芳香，丰满，

詩八章

（一）

你底眼睛看見這一場火災，
你看不見我，雖然我爲你點燃；
唉，那燃燒着的不過是成熟的年代，
你底，我底。我們相隔如重山！

從這自然底蛻變底程序裡，
我[illegible]愛了一個暫時的你。
即使我哭泣，變灰，變灰又新生，
姑娘，那只是上帝玩弄祂自己。

（二）

水流山石間沉澱下你我，
而我們成長，在死底子宮裡。
在無數的可能裡一個變形的生命
永遠不能完成他自已。

我和你談話，相信你，愛你，
這時候就聽見我[illegible]主暗笑，
不斷[illegible]他添來另外的你我，
使我們豐富而且危險。

（三）

你底年齡裡的小小野獸，
宅和春草一樣地呼息，
[illegible]帶來你底顏色，芳香，豐滿，

它要你疯狂在温暖的黑暗里。

我越过你大理石的理智底殿堂，
而为它埋藏的生命珍惜；
你我底手底接触是一片草场，
那里有它底固执，我底惊喜。

（四）

静静地，我们拥抱在
用言语所能照明的世界里，
而那未成形的黑暗是可怕的，
那可能和不可能的使我们沉迷，

那窒息着我们的
是甜蜜的未生即死的言语，
它底幽灵笼罩，使我们游离，
游进混乱的爱底自由和美丽。

（五）

夕阳西下，一阵微风吹拂着田野，
是多么久的原因在这里积累。
那移动了景物的移动我底心
从最古老的开端流向你，安睡。

那形成了树木和屹立的岩石的
将使我此时的渴望永存；
一切在它底过程中流露的美
教我爱你的方法，教我变更。

它要你瘋狂在溫暖的黑暗裡。

我越過你大理石的理智底殿堂，
而爲它埋藏的生命珍惜；
你我的手底接觸是一片草場，
那裡有它底固執，我的驚喜。

（四）

靜靜地，我們擁抱在
用言語所能照明的世界裡，
而那未成形的黑暗是可怕的，
那可能和不可能的使我們沉迷，

那窒息着我們的
是甜蜜的未生即死的言語，
它底幽靈籠罩，使我們遊離，
游進混亂的愛底自由和美麗。

（五）

夕陽西下，一陣微風吹拂着田野，
是多麼久的原因在這裡積纍。
那移動了景物的移動我底心
從最古老的開端流向你，安睡。

那形成了樹木和屹立的岩石的
將使我此時的渴望永存；
一切在它底過程中流露的美
教我愛你的方法，教我變更。

（六）

相同和相同溶为怠倦，
在差别间又凝固着陌生；
是一条多么危险的窄路里
我制造自己在那上旅行。

他存在，听从我底指使，
他保护，而把我留在孤独里，
他底痛苦是不断地寻求
你底秩序，求得了又必须背离。

（七）

风暴，远路，寂寞的夜晚，
丢失，记忆，永续的时间，
所有科学不能祛除的恐惧
让我在你底怀里得到安憩——

呵，在你底不能自主的心上，
你底随有随无的美丽的形象，
那里，我看见你孤独的爱情
笔立着，和我底平行着生长！

（八）

再没有更近的接近，
所有的偶然在我们间定型；
只有阳光透过缤纷的枝叶
分在两片情愿的心上，相同。

等季候一到，就要各自飘落，
而赐生我们的巨树永青，
它对我们的不仁的嘲弄
（和哭泣）在合一的老根里化为平静。

一九四二，二月。

（六）

相同和相同溶爲怠倦，
在差別間又凝固着陌生；
是一條多麼危險的窄路裡
我製造自己在那上旅行。

他存在，聽從我底指使，
他保護，而把我留在孤獨裡，
他底痛苦是不斷地尋求
你底秩序，求得了又必須背離。

（七）

風暴，遠路，寂寞的夜晚，
丟失，記憶，永續的時間，
所有科學不能祛除的恐懼
讓我在你的懷裡得到安憩！——

呵，在你底不能自主的心上，
你底隨有隨無的美麗的形像，
那裡，我看見你孤獨的愛情
筆立着，和我底平行着生長！

（八）

再沒有更近的接近，
所有的偶然在我們間定型；
只有陽光透過繽紛的枝葉
分在兩片情願的心上，相同。

等季候一到，就要各自飄落，
而賜生我們的巨樹永青，
它對我們的不仁的嘲弄
（和哭泣）在合一的老根裡化爲平靜。

一九四二，二月。

自然底梦

我曾经迷误在自然底梦中：
我底身体由白云和花草做成，
我是吹过林木的叹息，早晨底颜色，
当太阳染给我刹那的年青，

那不常在的是一片拥抱的情怀，
它让我甜甜地睡：一个少女底热情，
使我这样丰富又这样的柔顺。
我们谈话，自然底朦胧的呓语，

美丽的呓语把它自己说醒，
而将我推出在密密的人群中，
我知道它醒了正无端地哭泣，
鸟底歌，水底歌，正绵绵地回忆，

因为我曾年轻的一无所有，
施与者领向人世的智慧皈依，
而过多的忧思现在才刻露了
我是有过蓝色的血，星球底世系。

一九四二，十一月。

自然底夢

我曾經迷誤在自然底夢中，
我底身體由白雲和花草做成，
我是吹過林木的嘆息，早晨底顔色，
當太陽染給我剎那的年青，

那不常在的是[illegible]擁抱的情懷，
它讓我甜甜[illegible]睡：一個少女底熱情，
使我這樣[illegible]又這樣的柔順。
我們談話，自然底朦朧的囈語，

美麗的囈語把它自己說醒，
而將我[illegible]在密密的人群中，
我知道它醒了正無端地哭泣，
鳥底歌，水底歌，正綿綿地回憶，

因爲我曾年青的一無所有，
施與者領向人世的智慧皈依，
而過多的憂思現在才刻露了
我是有過藍色的血，星球底世系。

一九四二，十一月。

幻想底乘客

从幻想底航线卸下的乘客，
永远走上了错误的一站，
而他，这个铁掌下的牺牲者，
当他意外地投进别人底愿望，

多么迅速他底光辉的概念
已化成琐碎的日子不忠而纡缓，
是巨轮的一环他渐渐旋进了
一个奴隶制度附带一个理想，

这里的恩惠是彼此的恐惧，
而温暖他的是自动的流亡，
那使他自由的只有忍耐的微笑，
秘密地回转，秘密地绝望。

亲爱的读者，你就会赞叹：
爬行在懦弱的，人和人底关系间，
化无数的恶意为自己营养，
他已开始学习做主人底尊严。

一九四二，十二月

幻想底乘客

從幻想底航線卸下的乘客，
永遠走上了錯誤的一站，
而他，這個鐵掌下的犧牲者，
當他意外地投進別人的願望，

多麼迅速他底光輝的概念
已化成瑣碎的日子不忠而紆緩，
是巨輪的一環他漸漸旋進了
一個奴隸制度附帶一個理想，

這裡的恩惠是被此恐懼，
而溫暖他的是自動的流亡，
那使他自由的只有忍耐的微笑，
秘密地回轉，秘密的絕望。

親愛的讀者，你就會讚嘆：
爬行在懦弱的，人和人的關係間，
化無數的惡意爲自己營養，
他已開始學習做主人底尊嚴。

一九四二，十二月

（二）

我们没有援助，每人在想着
他自己的危险，每人在渴求
荣誉，快乐，爱情的永固，
而失败永远在我们的身边埋伏，

它发掘真实，这生来的形象
我们畏惧从不敢显露；
站在不稳定的点上，各样机缘的
交错，是我们求来的可怜的

幸福，我们把握而没有勇气，
享受没有安宁，克服没有胜利，
我们永在扩大那既有的边沿，
才能隐藏一切，不为真实陷入。

这一片地区就是文明的社会
所开辟的。呵，这一片繁华
虽然给年青的血液充满野心，
在它的栋梁间却吹着疲倦的冷风！

詩 X

(一)

我們沒有援助，每人在想着
他自已的危險，每人在渴求
榮譽，快樂，愛情的永固，
而失敗永遠在我們的身邊埋伏，

它發掘眞實，這生來的形象
我們畏懼從不敢顯露；
站在不穩定的點上，各樣機緣的
交錯，是我們求來的可憐的

幸福，我們把握而沒有勇氣，
享受沒有安寧，克服沒有勝利，
我們永在擴大那旣有邊沿
才能隱藏一切，不爲眞實陷入。

這一片地區就是文明的社會
所開闢的。呵，這一片繁華
雖然給年靑的血液充滿野心，
在它的[illegible]間却吹着疲倦的冷風！

（二）

永在的光呵，尽管我们扩大，
看出去，想在经验里追寻，
终于生活在可怕的梦魇里，
一切不真实，甚至我们的哭泣

也只能重造哭泣，自动地
被推动于紊乱中，我们的肃清
也成了紊乱，除了内心的爱情
虽然它永远随着错误而诞生，

是唯一的世界把我们溶和，
直到我们追悔，屈服，使它僵化，
它的光消殒。我常常看见
那永不甘心的刚强的英雄，

人子呵，弃绝了一个又一个谎，
你就弃绝了欢乐：还有什么
更能使你留恋的，除了走去
向着一片荒凉，和悲剧的命运！

一九四三，五月。

（二）

永在的光呵，儘管我們擴大，
看出去，想在經驗裡追尋，
終於生活在可怕的夢厭裡，
一切不真實，甚至我們的哭泣

也只能重造哭泣，自動地
被推動於紊亂中，我們的蕭瀟
也成了紊亂，除了內心的愛情
雖然它永遠隨着錯誤而誕生，

是唯一的世界把我們溶和，
直到我們追悔，屈服，使它僵化，
它的光消殞。我常常看見
那永不甘心的剛毅的英雄，

人子呵，棄絕了一個又一個謊，
你就棄絕了歡樂：還有什麼
更能使你留戀的，除了走去
向着一片荒凉，和悲劇的命運！

一九四三，五月。

赠别

（一）

多少人的青春在这里迷醉，
然后走上熙攘的路程，
朦胧的是你的怠倦，云光，和水，
他们的自己丢失了随着就遗忘，

多少次了你的园门开启，
你的美繁复，你的心变冷，
尽管四季的歌喉唱得多好，
当无翼而来的夜露凝重——

等你老了，独自对着炉火，
就会知道有一个灵魂也静静的，
他曾经爱过你的变化无尽，
旅梦碎了，他爱你的愁绪纷纷。

（二）

每次相见你闪来的倒影
千万端机缘和你的火凝成，
已经为每一分每一秒的事体
在我的心里碾碎无形，

你的跳动的波纹，你的空灵
的笑，我徒然渴想拥有，
它们来了又逝去在神的智慧里，
留下的不过是我曲折的感情，

看你去了，在无望的追想中，
这就是为什么我常常沉默：
直到你再来，以新的火
摒挡我所嫉妒的时间的黑影。

一九四四，六月。

贈別

(一)

多少人的青春在這裡迷醉，
然後走上熙攘的路程，
朦朧的是你的怠倦，雲光，和水，
他們的自己丟失了隨着就遺忘，

多少次了你的園門開啓，
你的美繁複，你的心變冷，
儘管四季的歌喉唱得多好，
當無翼而來的夜露凝重——

等你老了，獨自對着爐火，
就會知道有一個靈魂也靜靜的，
他曾經愛過你的變化無盡，
旅夢碎了，他愛你的愁緒紛紛。

(二)

每次相見你閃來的倒影
千萬端機緣和你的火凝成，
已經爲每一分每一秒的事體

在我的心裡碾碎無形，

你的跳動的波紋，你的空靈
的笑，我徒然渴想擁有，
它們來了又逝去在神的智慧裡，
留下的不過是我曲折的感情，

看你去了，在無望的追想中，
這就是爲什麼我常常沉默：
直到你再來，以新的火
摒擋我所嫉妒的時間的黑影。

一九四四，六月。

成熟

（一）

每一清早这静谧的市街
不知道痛苦它就要来临，
每个孩子的啼哭，每个苦力
他的无意伸诉的沉默的脚步，
和那投下阴影的高耸的楼基，
同向最初的阳光里混入脏污。

那比劳作高贵的女人的裙角，
还静静的叠有昨夜的世界，
从中心压下挤在边沿的人们
已准确的踏进八小时的房屋，
这些我都看见了是一个阴谋，
随着每日的阳光使我们成熟。

（二）

扭转又扭转，这一颗烙印
终于带着伤打上他全身，
有翅膀的飞翔，有阳光的
滋长，他追求而跌进黑暗。
四壁是传统，是有力的
白天，支持一切它胜利的习惯。

新生的希望被压制，被扭转，
等粉碎了他才能安全；
年青的学得聪明，年老的
因此也继续他们的愚蠢，
未来在敌视中。痛苦在于
那改变明天的已为今天所改变。

一九四四，六月。

成熟

（一）

每一清早這靜謐的市街，
不知道痛苦它就要來臨，
每個孩子的啼哭，每個苦力
他的無意伸訴的沉默的脚步，
和那投下陰影的高聳的樓基，
同向最初的陽光裡混入髒污。

那比勞作高貴的女人的裙角
還靜靜的蠢有昨夜的世界，
從中心壓下擠在邊沿的人們
已準確的踏進八小時的房屋，
這些我都看見了是一個陰謀，
隨着每日的陽光使我們成熟。

（二）

扭轉又扭轉，這一顆烙印
終於帶着傷打上他全身，
有翅膀的飛翔，有陽光的
滋長，他追求而跌進黑暗。
四壁是傳統，是有力的
白天，支持一切它勝利的習慣。

新生的希望被壓制，被扭轉，
等粉碎了他才能安全；
年青的學得聰明，年老的
因此也繼續他們的愚蠢，
未來在敵視中。痛苦在於
那改變明天的已爲今天所改變。

一九四四，六月。

寄——

海波吐着沫溅在岩石上，
海鸥寂寞的翱翔，它宽大的翅膀
从岩石升起，拍击着，没入碧空。
无论在多雾的晨昏，或在日午，
姑娘，我们已听不见这亘古的乐声，

任脚步走向东，走向西，走向南，
我们已走不到那辽阔的青绿的草原，
林间仍有等你入睡的地方，蜜蜂
仍在嗡营，茅屋在流水的湾处静止，
姑娘，草原上的浓郁仍这样的向我们呼唤，

因为每日每夜，当我守在窗前，
姑娘，我看见我是失去了过去的日子像烟，
微风不断的扑面，但我已和它渐远；
我多么渴望和它一起，流过树顶
飞向你，把灵魂里的霉锈抛扬！

一九四四，八月。

寄—

海波吐着沫濺在岩石上，
海鷗寂寞的翺翔，它寬大的翅膀
從岩石升起，拍擊着，沒入碧空。
無論在多霧的晨昏，或在日午，
姑娘，我們已聽不見這亘古的樂聲，

任腳步走向東，走向西，走向南，
我們已走不到那遼闊的青綠草原，
林間仍有等你入睡的地方，密蜂
仍在嚶嚀，拳屈在流水的灣處靜止，
姑娘，草原上的濃郁仍這樣的向我呼喚，

望一行—

因爲每日每夜，當我守在窗前，
姑娘，我看見我是失去了過去的日子像煙，
微風不斷的撲面，但我已和它漸遠；
我多麼渴望和它一起，流過樹頂
飛向你，把靈魂裡的霉銹拋揚！

一九四四，八月。

线上

人们说这是他所选择的，
自然的赐与太多太危险，
他捞起一枝笔或是电话机，

八小时躲开了阳光和泥土，
十年二十年在一件事的末梢上，
在人世的吝啬里，要找到安全，

学会了被统治才可以统治，
前人的榜样，忍耐和爬行，
长期的茫然后他得到奖章，

那无神的眼！那陷落的两肩！
痛苦的头脑现在已经安分，
那就要燃尽的蜡烛的火焰！

在摆着无数方向的原野上，
这时候，他一生担当过的事情
碾过他，却只碾出了一条细线。

一九四五，二月。

線上

人們說這是他所選擇的，
自然的賜與太多太危險，
他撈起一枝筆或是電話機，

八小時躲開了陽光和泥土，
十年二十年在一件事的末梢上，
在人世的吝嗇裡，要找到安全，

學會了被統治才可以統治，
前人的榜樣，忍耐和爬行，
長期的茫然後他得到獎章，

那無神的眼！那陷落的兩肩！
痛苦的頭腦現在已經安分，
那就要燃盡的臘燭的火焰！

在擺着無數方向的原野上，
這時候，他一生擔當過的事情
輾過他，卻只輾出了一條細線。

一九四五，二月。

被围者

（一）

这是什么地方？年青的时间
每一秒白热而不能等待，
堕下来成了你不要的形状。
天空的流星和水，那灿烂的
焦燥，到这里就成了今天
一片砂砾。我们终于看见
过去的都已来就范，所有的暂时
相结起来是这平庸的永远。

呵，这是什么地方？不是少年
给我们幻想的，也不是老年
在我们这样容忍又容忍以后
就能采撷的果园。在阴影下
你终于生根，在不情愿里，
终于成形。如果我们能冲出，
勇士呵，如果敢于使人们失望，
别让我们拖延在这里相见！

（二）

看，青色的路从这里伸出，
而又回归。那自由广大的面积，
风的横扫，海的跳跃，旋转着
我们的神智：一切的行程
都不过落在这敌意的地方。
在这渺小的一点上：最好的
露着空虚的眼，最快乐的
死去，死去但没有一座桥梁。

一个圆，多少年的人工
我们的绝望将使它完整。
毁坏它，朋友！让我们自己
就是它的残缺，比平庸要坏：
闪电和雨，新的气温和希望
才会来灌注：推倒一切的尊敬！
因为我们已是被围的一群，
我们翻转，才有新的土地觉醒。

一九四五，二月。

被圍者

（一）

這是什麼地方？年青的時間
每一秒白熱而不能等待，
墮下來成了你不要的形狀。
天空的流星和水，那燦爛的
焦燥，到這裡就成了今天
一片砂礫。我們終於看見
過去的都已來就範，所有的暫時
相結起來是這平庸的永遠。

呵，這是什麼地方？不是少年
給我們幻想的，也不是老年
在我們這樣容忍又容忍以後
就能採摘的果園。在陰影下
你終於生根，在不情願裡，
終於成形。如果我們能衝出，
勇士呵，如果敢於使人們失望，
別讓我們拖延在這裡相見！

（二）

看，青色的路從這裡伸出，
而又回歸。那自由廣大的面積，
風的橫掃，海的跳躍，旋轉着
我們的神智：一切的行程
都不過落在這敵意的地方。
在這渺小的一點上：最好的
霧濃空虛的眼，最快樂的
死去，死去但沒有一座墳塚。

一個圓，多少年的人工
我們的絕望將使它完整。
毀壞它，朋友！讓我們自己
就是它的殘缺，比平庸要壞：
閃電和雨，新的氣溫和希望
才會來灌注：推倒一切的尊敬！
因爲我們已是被圍的一羣，
我們翻轉，才有新的土地覺醒。

一九四五，二月。

春天和蜜蜂

春天是人间的保姆，
带领一切到秋天成熟，
劝服你用温暖的阳光，
用风和雨，使土地重覆，
林间的群鸟于是欢叫，
村外的小河也开始忙碌。

我们知道它向东流，
那扎根的水稻已经青青，
红色的花朵开出墙外，
因此燃着了路人的心，
春天的邀请，万物都答应，
说不的只有我的爱情。

那是一片嗡营的树荫，
我的好姑娘居住其中，
你过河找她并不容易，
因为她家有一窠蜜蜂，
你和她讲话，也许枉然，
因为她听着它们的嗡营。

好啦，你只有帮她喂养
那可人的，有翅的小虫，
直到丁香和紫荆开花，
我的日子就这样断送：
我的话还一句没有出口，
蜜蜂的好梦却每天不同。

我的埋怨还没有说完，
秋风来了把一切变更，
春天的花朵你再也不见，
乳和蜜降临，一切都安静，
只有我的说不的爱情，
还在园里不断的嗡营。

直到好姑娘她忽然叹息，
那缓慢的蜗牛才又爬行，
既然一切由上帝安排，
你只有高兴，你只有等，
冬天已在我们的发上，
是那时我得到她的应允。

一九四五，四月。

春天和蜜蜂

春天是人間的保姆，
帶領一切到秋天成熟，
勸服你用溫暖的陽光，
用風和雨，使土地重覆，
林間的羣鳥於是歡叫，
村外的小河也開始忙碌。

我們知道它向東流，
那扎根水稻已經青青，
紅色的花朶開出牆外，
因此燃着了路人的心，
春天的邀請，萬物都答應，
說不的只有我的愛情。

那是一片喻嚶的樹蔭，

我的好姑娘居住其中，
你過河找她並不容易，
因爲她家有一窠蜜蜂，
你和她講話，也許枉然，
因爲她聽着它們的喻嚶。

好啦，你只有幫她喂養
那叮人的，有翅的小蟲，
直到丁香和紫荊開花，
我的日子就這樣斷送：
我的話還一句沒有出口，
蜜蜂的好夢却每天不同。

我的埋怨還沒有說完，
秋風來了把一切變更，
春天的花朶你再也不見，
乳和蜜降臨，一切都安靜，
只有我的說不的愛情，
還在園裡不斷的喻嚶。

直到好姑娘她忽然嘆息，
那緩慢的蝸牛才又爬行，
既然一切由上帝安排，
你只有高興，你只有等，
冬天已在我們的髮上，
是那時我得到她的應允。

一九四五，四月。

忆

多少年的往事，当我静坐，
一齐浮上我的心来，
一如这四月的黄昏，在窗外，
糅合着香味与烦扰，使我忽而凝住——
一朵白色的花，张开，在黑夜的
和生命一样刚强的侵袭里，
主呵，这一刹那间，吸取我的伤感和赞美。

在过去那些时候，我是沉默，
一如窗外这些排比成列的
都市的楼台，充满了罪过似的空虚，
我是沉默一如到处的繁华
的乐声，我的血追寻它跳动，
但是那沉默聚起的沉默忽然鸣响，
当华灯初上，我黑色的生命和主结合。

是更剧烈的骚扰，更深的
痛苦。那一切把握不住而却站在
我的中央的，没有时间哭，没有
时间笑的消失了，在幽暗里，
在一无所有里如今却见你隐现。
主呵！掩没了我爱的一切，你因而
放大光彩，你的笑刺过我的悲哀。

一九四五，四月。

憶

多少年的往事，當我靜坐，
一齊浮上我的心來，
一如這四月的黃昏，在窗外，
揉合着香味與煩擾，使我忽而凝住——
一朵白色的花，張開，在黑夜的
和生命一樣剛强的侵襲裡，
主呵，這一刹那間，吸取我的傷感和讚美。

在過去那些時候，我是沉默
一如窗外這些排比成列的
都市的樓台，充滿了罪過似的空虛，
我是沉默一如到處的繁華
的樂聲，我的血追尋它跳動，
但是那沉默聚起的沉默忽然鳴響，
當華燈初上，我黑色的生命和主結合。

是更巨烈的騷擾，更深的
痛苦。那一切把握不住而却站在
我的中央的，沒有時間哭，沒有
時間笑的消失了，在幽暗裡，
在一無所有裡如今却見你隱現。
主呵！掩沒了我愛的一切，你因而
放大光彩，你的笑刺過我的悲哀。

一九四五，四月。

海恋

蓝天之漫游者，海的恋人，
给我们鱼，给我们水，给我们
燃起夜星的，疯狂的先导，
我们已为沉重的现实闭紧。

自由一如无迹的歌声，博大
占领万物，是欢乐之欢乐，
表现了一切而又归于无有，
我们却残留在微末的具形中。

比现实更真的梦，比水
更湿润的思想，在这里枯萎，
青色的魔，跳跃，从不休止，
路的创造者，无路的旅人，

从你的眼睛看见一切美景，
我们却因忧郁而更忧郁，
踏在脚下的太阳，未成形的
力量，我们丰富的无有，歌颂：

日以继夜，那白色的鸟的回翔，
在知识以外，那山外的群山，
那我们不能拥有的，你已站在中心，
蓝天之漫游者，海的恋人！

一九四五，四月。

海戀

藍天之漫遊者，海的戀人，
給我們魚，給我們水，給我們
燃起夜星的，瘋狂的先導，
我們已爲沉重的現實閉緊。

自由一如無跡的歌聲，博大
佔領萬物，是歡樂之歡樂，
表現了一切而又歸於無有，
我們卻殘留在微末的具形中。

比現實更眞的夢，比水
更濕潤的思想，在這裡枯萎，
青色的魔，跳躍，從不休止，
路的創造者，無路的旅人，

從你的眼睛看見一切美景，
我們卻因憂鬱而更憂鬱，
踏在腳下的太陽，未成形的
力量，我們豐富的無有，歌頌：

日以繼夜，那白色的鳥的迴翔，
在知識以外，那山外的群山，
那我們不能擁有的，你已站在中心，
藍天之漫遊者，海的戀人！

一九四五，四月。

流吧，长江的水

流吧，长江的水，缓缓的流，
玛格丽就住在岸沿的高楼，
她看着你，当春天尚未消逝，
流吧，长江的水，我的歌喉。

多么久了，一季又一季，
玛格丽和我彼此的思念，
你是懂得的，虽然永远沉默，
流吧，长江的水，缓缓的流。

这草色青青，今日一如往日，
还有鸟啼，霏雨，金黄的花香，
只是我们有过的已不能再有，
流吧，长江的水，我的烦忧。

玛格丽还要从楼窗外望，
那时她的心里已很不同，
那时我们的日子全已忘记，
流吧，长江的水，缓缓的流。

一九四五，五月。

流吧，長江的水

流吧，長江的水，緩緩的流，
瑪格麗就住在岸沿的高樓，
她看着你，當春天尚未消逝，
流吧，長江的水，我的歌喉。

多麼久了，一季又一季，
瑪格麗和我彼此的思念，
你是懂得的，雖然永遠沉默，
流吧，長江的水，緩緩的流。

這草色青青，今日一如往日，
還有鳥啼，霏雨，金黃的花香，
只是我們有過的巳不能再有，
流吧，長江的水，我的煩憂。

瑪格麗還要從樓窗外望，
那時她的心裡已很不同，
那時我們的日子全已忘記，
流吧，長江的水，緩緩的流。

一九四五，五月

风沙行

男儿的雄心伸向远方，
但玛格丽却常在我的心头。
多少日子过去了，全已经模糊，
只有和玛格丽相约的一刻，
急驰的马儿，扬起四蹄的尘土，
飞速的奔向更飞速的欢乐，
如今却在苍茫的大野停留。
爱娇的是玛格丽的身体，
更为雅致的是她小小的居处，
但是我只有和风沙相恋，
夜落草木，那就是我今日的歇宿。
我渴望有一天能够回返，
再去看玛格丽在她的高楼，
这一只马儿，你再为我急驰，
虽然年青的日子已经去远，
但玛格丽却常在我的心头。

一九四五，五月。

風沙行

男兒的雄心伸向四方，
但瑪格麗却常在我的心頭。
多少日子過去了，全已經模糊，
只有和瑪格麗相約的一刻，
急馳的馬兒，揚起四蹄的塵土，
飛速的奔向更飛速的歡樂，
如今却在蒼茫的大野停留。
愛嬌的是瑪格麗的身體，
更爲雅緻的是她小小的居處，
但是我只有和風沙相戀，
夜落草木，那就是我今日的歇宿。
我渴望有一天能够回返，
再去看瑪格麗在她的高樓，
這一隻馬兒，你再爲我急馳，
雖然年青的日子已經去遠，
但瑪格麗却常在我的心頭。

一九四五，五月

甘地

（一）

行动是中心，于是投进错误的火焰中，
在此时此地的屈辱里，要教真理成形，
一个巨大的良心承受四方的风暴，因爱
而遍受伤痕，受伤而自忏悔，
甘地，骄傲的灵魂，他站得最低。

（二）

左右都是懦弱：压制者的伪善
呼喊不出来，因为被压制者自己
就维护伪善，自古以奴役为榜样。
攻击前面的，罪恶自后方携手，
甘地唯有勇敢的和上帝同行，使众人忏悔。

（三）

把自己交给土，回到农村和土地，
饥饿的印度，无助的印度，是在那里包藏，
他把他们暴露出来，为了向他们求乞。
麻痹的印度，凡是他走过的地方，人民得到了起点，
甘地以自己铺路，印度有了旅程，再也不能安息。

（四）

在『死的大厦』里，人们献给他荣耀的花冠，
他所来自的地方，甘地，他已经不再回去，
现代文明有千万诱惑，然而他只寻求贫穷，
第一个反抗者，没有沾上『死』，一点不肯牺牲，
我们看见他，无穷的热力，周流在自然的怀里。

甘地

（一）

行動是中心，於是投進錯誤的火焰中，
在此時此地的屈辱裡，要教眞理成形，
一個巨大的良心承受四方的風暴，因愛
而遍受傷痕，受傷而自懺悔，
甘地，驕傲的靈魂，他站得最低。

（二）

左右都是懦弱：壓制者的僞善
呼喊不出來，因爲被壓制者自己
就維護僞善，自古以奴役爲榜樣。
攻擊前面的，罪惡自後面携手，
甘地唯有勇敢的和上帝同行，使衆人懺悔。

（三）

把自己交給主，回到農村和土地，
飢餓的印度，無助的印度，是在那裡包藏，
他把他們暴露出來，爲了向他們求乞。
麻痺的印度，凡是他走過的地方，人民得到了起點，
甘地以自己鋪路，印度有了旅程，再也不能安息。

（四）

在「死的大厦」裡，人們獻給他榮靏的花冠，
他所來自的地方，甘地，他已經不再回去，
現代文明有千萬誘惑，然而他只尋求貧窮，
第一個反抗者，沒有沾上「死」，一點不肯犧牲，
我们看見他，無窮的热力，周流在自然的懷裡。

（五）

面临崩溃，困守着良知而不转移，
每个起点终止于暴力，只好从不要的胜利中折回，
甘地撕开欺骗，他承认失败是因为不肯放弃：
痛苦已经够了，屈辱已经够了，历史再不容错误，
他是指挥被压迫的心，向无形而普在的物质征服。

（六）

成功不是他的，反复追求不过使悲剧更加庄严，
一切决定的朝他反抗，甘地因而得到了表现；
火焰已经投出，当一个世纪还在观望和犹疑，
当生命被敌视，危险从聚着，在神魔之间
甘地，他上下求索，在无底里凝固了人的形象。

（七）

你掩没在浪潮里的巨石，一座古代的神龛，
是无信仰里的信仰，当你的膜拜者已被奴役，
无可辩护的声音，在无声之中，要为奴隶举起。
甘地向奴隶膜拜，迷路者因而看到了巨石，
印度失而复得，在甘地的坚定里，向现代发出声音！

（八）

是情感丰富的热带，繁茂的，人和自然的花园，
安详的土地，大河流贯，森林里游走着狮王和巨象，
在曙光中，那看见新大陆的人，他来了把十字架竖起，
他竖起的是谦卑美德，沉默牺牲，无治而治的人民，
在耕种和纺织声里，祈祷一个洁净的国家为神治理。

一九四五，五月。

（五）

面臨崩潰、困守着良知而不轉移，
每個起點終止於暴力，只好從不要的勝利中折回，
甘地撕開欺騙，他承認失敗是因爲不肯放棄：
痛苦已經夠了，屈辱已經夠了，歷史再不容錯誤，
他是指揮被壓迫的心，向無形而普在的物質征服。

（六）

成功不是他的，反復追求不過使悲劇更加莊嚴，
一切決定的朝他反抗，甘地因而得到了表現；
火焰已經投出，當一個世紀還在[illegible]和猶疑，
當生命被藐視，[illegible]，在神魔之間
甘地，他上下求索，在無底裡凝固了人的形象。

（七）

你掩沒在浪濤裡的巨石，一座古代的神龕，
是無信仰裡的信仰，當你的膜拜者已被奴役，
無可辯護的聲音，在無聲之中，要爲奴隸舉起。
甘地向奴隸膜拜，迷路者因而看到了巨石，
印度失而復得，在甘地的堅定裡，向現代發出聲音！

（八）

是情感豐富的熱帶，繁茂的，人和自然的花園，
安詳的土地，大河流貫，森林裡遊走着獅王和巨象，
在曙光中，那看見新大陸的人，他來了把十字豎起，
他豎起的是謙卑美德，沉默犧牲，無治而治的人民，
在耕種和紡織聲裡，祈禱一個潔淨的國家爲神治理。

一九四五，五月。

隐现

让我们看见吧，我的救主。

（二）宣道

现在，一天又一天，一夜又一夜，
我们来自一段完全失迷的路途上，
闪过一下星光或日光，就再也触摸不到了，
说不出名字，我们说我们是来自一段时间，
一串错综而零乱的，枯干的幻象，
使我们哭，使我们笑，使我们忧心
用同样错综而零乱的血液里的纷争，
这一时的追求或那一时的满足，
但一切的诱惑不过诱惑我们远离，
远远的，在那一切僵死的名称的下面，
在我们从不能安排的方向，你
给我们有一时候山峰，有一时候草原，
有一时候相聚，有一时候离散，
有一时候欺人，有一时候被欺，
有一时候密雨，有一时候燥风，
有一时候拥抱，有一时候厌倦，
有一时候开始，有一时候完成，
有一时候相信，有一时候绝望，

主呵，我们摆动于时间的两极，
但我们说，我们是向着前面进行，
因为我们认为真的现在已经变假，
我们曾经哭泣过的，现在已被遗忘。
一切在天空，地面，和水里的生命我们都看见过了，
我们看见在所有的变中只有这个不变，
无论你成功或失败只有这个不变，
新奇的已经发生过了正在发生着或者将要发生，然而只有这个不变：
无尽的河水流向大海，但是大海永远没有溢满，海水又交还河流，
一世代的人们过去了，另一个世代来临，是在他们被毁的地方一个新的回转，
在日光下我们筑屋，筑路，筑桥：我们所有的劳役不过是祖业的重复。
或者我们使用大理石塑像，崇拜我们的英雄与美人，看它终竟归于模糊，

我们痛惜美丽的失去了，但失去的并不是它的火焰，
我们一切的发明不过为了——但我们从没有增加安适，也没有减少心伤。
我们和错误同在，可是我们厌倦了，我们追念自然，
以色列之王所罗门曾经这样说：
一切皆虚有，一切令人厌倦。
那曾经有过的将会再有，那曾经失去的将再被失去，
我们的心不断的扩张，我们的心不断的退缩，
我们将终止于我们的起始，

所以我们说
我们能给出什么呢？我们能得到什么呢？
一切的原因迎接我们，又从我们流走，
所有古老的传统，所有的声音，所有的喜怒笑骂，所有的树木花草都在等待我们的降生，
有一个生命付与了这所有的让它们等待：
智者让智慧流过去，青年让热情流过去，先知者让忧患流过去，农人让田野的五谷流过去，少女让美的形象流过去，统治者让阴谋和残酷流过去，叛徒让新生的痛苦流过去，大多数人让无知的罪恶流过去，
我们是我们的付与，在我们的付与中折磨，
一切完成它自己，一切奴役我们，流过我们使我们完成。
所以我们说
我们能给出什么呢？我们能得到什么呢？
在一条永远漠然的河流中，生从我们流过去，死从我们流过去，血汗和眼泪从我们流过去，真理和谎言从我们流过去，
有一个生命这样的诱惑我们，又把我们这样的遗弃，
如果我们摇起一只手来：它是静止的，
如果因此我们变动了光和影，如果因此花朵儿开放，或者我们震动了另外一个星球，
主呵，这只是你的意图朝着它自己的方向完成。

(二) 歷程

在自然裡固定着人的命運
当人從自然的赤裸裡誕生
他的努力是不斷的獲得
隔離了多的去獲得那少的
当人從自然的赤裸裡誕生
我要指出他的囚禁，他的回憶
成了他的快樂

情人自白：

全是不能站穩的
親愛的，是我腳下的路程；
接受一切温暖的吸引在岩石上，
而岩石突然不見了。孩童的完整
在父母的約束裡使我們前行：
獲取新鮮的知識，初見的
欢快，世界向我們不斷地擴充，
可是当我爬过了这一切而來臨，
親愛的，坐在山崩潰上讓我靜靜的哭泣。

一切都在战爭，親愛的，
那以真战勝的假，以假战勝的真，
一切的多和少，使我們超过而又不足，
沒有喜的內心不敗於悲，也沒有悲
能使我們凝固，接受那樣甜蜜的吻
不过是謀害使我們立即歸於消隱。
那每一貯足的勝利的光輝
虽然勝利，当我終于從战爭歸來，
当我把心的疲倦呈獻你，親愛的，
為什么一切發光的領我來到絕頂的黑暗，
坐在山崩潰的峯顶讓我靜靜的哭泣。

合唱：

合唱：

如果我们能够看见他
如果我们能够看见
我们的童年所不意拥有的
而后远离了，却又是成年一切的辛劳
同所寻求失败的，

如果人世各样的尊贵和华丽
不过是我们片面的窥见所赋予，
如果我们能够看见他
在欢笑后面的哭泣哭泣后面的
最后一层欢笑里，

在虚假的真实底下
那真实的灵活的源泉，
如果我们不是自禁于
我们费力与半真理的密约里
期望那达不到的圆满的结合，

在我们的前面有一条道路
在道路的前面有一个目标
这条道路引导我们又隔离我们
走向那个目标，
在我们黑暗的孤独里有一线微光
这一线微光使我们留恋黑暗
这一线微光给我们幻象的骚扰
在黎明确定我们的虚无以前

如果我们能够看见他
如果我们能够看见……

爱情的发见：

生活是困难的，那里是你的一扇门？
这世界充满了生命，却不能动转
挤在人和人的死寂之中，
看见金钱的闪亮，或者强权的自由，
伸出脏污的手来把障碍屏除，
（在有行为的地方，就有光的引导。）
阴谋，欺诈，鞭子，都成了他的扶助。
　他在黄金里看见什么呢？他从暴虐里获得什么呢？
　宽恕他，为了追寻他所认为最美的，
他已变得这样丑恶，和冷酷。

生活是困难的，那里是你的一扇门？
那为人讥笑的偏见，狭窄的灵魂
使世界成为僵硬，窒息，令人诅咒的，
无限的小，固执地和我们的理想战斗，
（在有行为的地方，就有光的引导。）

合唱：

如果我們能够看見他
如果我們能够看見
我們的童年所不當擁有的
而後遠離了，却又是成年一切的辛勞
同所尋求失敗的，

如果人世各樣的尊貴和華麗
不過是我們片面的窺見所賦予，
如果我們能够看見他
在歡笑後面的哭泣哭泣後面的
最後一層歡笑裏，

在虛假的眞實底下
那眞實的鑽活的源泉，
如果我們不是自禁於
我們費力與半眞理的密約裏
期望都達不到的圓滿的結合，

在我們的前面有一條道路
在道路的前面有一個目標
這條道路引導我們又隔離我們
走向那個目標，
在我們黑暗的孤獨裏有一線微光
這一線微光使我們留戀黑暗
這一線微光給我們幻象的騷擾
在黎明確定我們的虛無以前

如果我們能够看見他
如果我們能够看見……

愛情的發見：

生活是困難的，那裡是你的一扇門？
这世界充满了生命，却不能動轉
掙在人和人的死寂之中，
看見金錢的肉竟，或者強权的自由，
伸出骯髒的手來把障礙屏除，
（有行為的地方）
陰謀，賄賂，欺詐，就有光的引導。）
他在黃金裡看見什么呢？他從暴虐裡
獲得什么呢？
寬恕他，為了追尋他所認為最美的，
他已变得这樣醜惡，和冷酷。

生活是困難的，那裡是你的一扇門？
那為人譏笑的偏見，狹窄的靈魂
使世界成為僵硬，殘酷，令人詛咒的，
窒息
無限的小，固执地和我們的理想战鬥，
（有行為的地方，
（這條路，就有光的引導。）

挡住了我们，使历史停在这里受苦。
他为什么不能理解呢？他为什么甘冒我们的
怨怒呢？
宽恕他，因为他觉得他是拥抱了
真和善，虽然已是这样腐烂。

生活是困难的，那里是你的一扇门？
我们追求繁茂，反而因此分离。
我曾经爱过，我的眼睛却未曾明朗，
一句无所归宿的话，使我不断地悲伤：
她曾经说，我永远爱你，永不分离。
虽然她的爱情限制在永变的事物里，
虽然她竟说了一句谎，重复过多少世纪，
(在有行为的地方，就有光的引导。)
为什么责备呢？为什么不宽恕她的失败呢？
宽恕她，因为那与永恒的结合
她也是这样渴求却不能求得！

合唱：
如果我们能够看见他
如果我们能够看见
不是这里或那里的茁生
也不是时间能够占有或者放弃的，
如果我们能够给出我们的爱情
不是射在物质和物质间把它自己消损，
如果我们能够洗涤
我们小小的恐惧我们的惶惑和暗影
放在大的光明中，
如果我们能够挣脱
欲望的暗室和习惯的硬壳
迎接他，
如果我们能够尝到
不是一层甜皮下的经验的苦心，
他是静止的生出动乱，
他是众力的一端生出他的违反。
O他给安排的歧路和错杂！
为了我们倦了以后渴求
原来的地方。
他是这样地喜爱我们
他让我们分离
他给我们一点权力等它自己变灰，
O他正等我们以损耗的全热
投回他慈爱的胸怀。

擋住了我們，使歷史停在這裡受苦。
他為什么不能理解呢？他為什么甘
我們的怨怒呢？
寬恕他，因為他覺得他是擁抱了
真和善，雖然已是這樣腐爛。

生活是困難的，那裡是你的一扇門？
我們追求繁茂，反而因此分離。
我曾經愛過，我的眼睛卻未曾明朗，
一句無所歸宿的話，使我不斷地悲傷：
她曾經說，我永遠愛你，永不分離。
（在有行為的地方，就有光的引導。）
雖然她的愛情限制在永變的事物裡，
雖然她竟說了一句謊，重覆過多少世紀，
為什么責備呢？為什么不寬恕她
的失敗呢？
寬恕她，因為那永恆的結合
她也是這樣渴求卻不能求得！

合唱：

如果我們能夠看見他
如果我們能夠看見
不是這裏或那裏的苟生
也不是時間能夠佔領或者放棄的，
如果我們能夠給出我們的愛情
不是射在物質和物質間把它自己消損，
如果我們能夠洗滌
我們小小的恐懼我們的惶惑和暗影
放在大的光明中，
如果我們能夠掙脫
欲望的暗室和習慣的硬殼
迎接他，
如果我們能夠嚐到
不是一層甜皮下的經驗的苦心，
他是靜止的生出動亂，
他是衆力的一端生出他的違反。
○他給安排的歧路和錯雜！
寫了我們倦了以後渴求
原來的地方。
他是這樣喜愛我們
他讓我們一分離
他給我們一點權力等它自己變灰，
○他正等我們以損耗的全部
投向他慈愛的胸懷。

（三）　祈神

在我们的来处和去处之间，
在我们获得和丢失之间，
主呵，那日光的永恒的照耀季候的遥远的轮转和山
　河的无尽的丰富
枉然：我们站在这个荒凉的世界上，
我们是二十世纪的众生骚动在它的黑暗里，
我们有机器和制度却没有文明
我们有复杂的感情却无处归依
我们有很多的声音而没有真理
我们来自一个良心却各自藏起，

我们已经看见过了
那使我们沉迷的只能使我们厌倦，
那使我们厌倦的挑拨我们一生，
那使我们疯狂的
是我们生活里堆积的，无可发泄的感情
为我们所窥见的半真理利用，
主呵，让我们和穆罕穆德一样，在他沙漠的岁月里
让我们在说这些假话做这些假事时
想到你，

在无法形容你的时候，让我们忍耐而且快乐，
让你的说不出的名字贴近我们焦灼的嘴唇，无所归
　宿的手和不稳的脚步，
因为我们已经忘记了
我们各自失败了才更接近你的博大和完整，
我们绕过无数的圈子才能在每个方向里与你结合，

让我们和耶稣一样，给我们你给他的欢乐，
因为我们已经忘记了
在非我之中扩大我自己，
让我们体验我们朝你的飞扬，在不断连续的事物里，
让我们违反自己，拥抱一片广大的面积，

主呵，我们这样的欢乐失散到哪里去了

因为我们生活着却没有中心
我们有很多中心
我们的很多中心不断的冲突，
或者我们放弃
生活变为争取生活，我们一生永远在准备而没有
　生活，
三千年的丰富枯死在种子里而我们是在继续……

主呵，我们衷心的痛惜失散到哪里去了

每日每夜，我们计算增加一点钱财，
每日每夜，我们度量这人或那人对我们的态度，
每日每夜，我们创造社会给我们指定的一些前途，

主呵，我们生来的自由失散到哪里去了

等我们哭泣时已经没有眼泪
等我们欢笑时已经没有声音
等我们热爱时已经一无所有
一切已经晚了然而还没有太晚，当我们知道我们还
　不知道的时候，

主呵，因为我们看见了，在我们聪明的愚昧里，
我们已经有太多的战争，朝向别人和自己，
太多的不满，太多的生中之死，死中之生，
我们有太多的利害，分裂，阴谋，报复，
这一切把我们推到相反的极端，我们应该
忽然转身，看见你

这是时候了，这里是我们被曲解的生命
请你舒平，这里是我们枯竭的众心
请你糅合，
主呵，生命的源泉，让我们听见你流动的声音。

祈神

（三）源泉

在我們的來處和去處之間，
在我們獲得和丟失之間，
主呵，那日光的永恒的照耀季候的遥遠的輪轉和山河的
無盡的豐富
枉然：我們站在這個荒凉的世界上，
我們是二十世紀的衆生騷動在它的黑暗裏，
我們有機器和制度却沒有文明
我們有複雜的感情却無處歸依
我們有很多的聲音而沒有真理
我們來自一個良心却各自藏起，

我們已經看見過了
那使我們沉迷的只能使我們厭倦，
那使我們厭倦的挑撥我們一生，
那使我們瘋狂的
是我們生活裏堆積的，無可發洩的感情
爲我們所窺見的半真理利用，
主呵，讓我們和穆罕穆德一樣，在他沙漠的岩洞裏
讓我們在說這些假話做這些假事時
想到你，

在無法形容你的時候，讓我們忍耐而且快樂，
讓你的說不出的名字貼近我們焦灼的嘴唇，無所歸宿
的手和不穩的脚步，
因爲我們已經忘記了

我們各自失敗了才更接近你的博大和完整，
我們繞過無數的圈子才能在每個方向裏與你結合，

讓我們和耶穌一樣，給我們你給他的歡樂，
因爲我們已經忘記了
在非我之中擴大我自己，
讓我們經驗我們朝你的飛揚，在不斷連續的事物裏，
讓我們違反自己，擁抱一片廣大的面積，

主呵，我們這樣的歡樂失散到哪裏去了

因爲我們生活着却沒有中心
我們有很多中心
我們的很多中心不斷的衝突，
或者我們放棄
生活變爲爭取生活，我們一生永遠在準備而沒有生活，
三千年的豐富枯死在種子裏而我們是在繼續……

主呵，我們衷心的痛惜失散到哪裏去了

每日每夜，我們計算增加一點錢財，
每日每夜，我們度量這人或那人對我們的態度，
每日每夜，我們創造社會給我們指定的一些前途，

主呵，我們生來的自由失散到哪裏去了

等我們哭泣時已經沒有眼淚
等我們歡笑時已經沒有聲音
等我們熱愛時已經一無所有
一切已經晚了然而還沒有太晚，當我們知道我們還不知
道的時候，

主呵，因爲我們看見了，我們已經有太多的戰爭，
太多的不滿，太多的生中之死，死中之生，
我們有太多的利害，分裂，陰謀，報復，
這一切把我們推到相反的極端，我們應該
忽然轉身，看到你

這是時候了，這裏是我們被曲解的生命
請你舒平，這裏是我們枯竭的衆心
請你揉合，
主呵，生命的源泉，讓我們聽見你流動的聲音。

一九四三，三月

赞美

走不尽的山峦的起伏，河流和草原，
数不尽的密密的村庄鸡鸣和狗吠，
接连在原是荒凉的亚洲的土地上，
在野草的茫茫中呼啸着干燥的风，
在低压的暗云下唱着单调的东流的水，
在忧郁的森林里有无数埋藏的年代
它们静静地和我拥抱：
说不尽的故事是说不尽的灾难，沉默的
是爱情，是在天空飞翔的鹰群，
是忧伤的眼睛期待着泉涌的热泪，
当不移的灰色的行列在遥远的天际爬行；
我有太多的话语，太悠久的感情，
我要以荒凉的沙漠，坎坷的小路，骡子车，
我要以槽子船，漫山的野花，阴雨的天气，
我要以一切拥抱你，你，
我到处看见的人民呵，
在耻辱里生活的人民，佝偻的人民，
我要以带血的手和你们一一拥抱，
因为一个民族已经起来。

一个农人，他粗糙的身躯移动在田野中，
他是一个女人的孩子，许多孩子的父亲，
多少朝代在他的身边升起又降落了
而把希望和失望压在他身上，
而他永远无言地跟在犁后旋转，
翻起同样的泥土溶解过他祖先的，

讚美

走不盡的山巒的起伏，河流和草原，
數不盡的密密的村莊鷄鳴和狗吠，
接連在原是荒涼的亞洲的土地上，
在野草的茫茫中呼嘯着乾燥的風，
在低壓的暗雲下唱着單調的東流的水，
在憂鬱的森林裏有無數埋藏的年代
它們靜靜的和我擁抱：
說不盡的故事是說不盡的災難，沉默的
是愛情，是在天空飛翔的鷹羣，
是憂傷的眼睛期待着泉湧的熱淚，
當不移的灰色的行列在遙遠的天際爬行；
我有太多的話語，太悠久的感情，
我要以荒涼的沙漠，坎坷的小路，騾子車，
我要以槽子船，蔓山的野花，陰雨的天氣，
我要以一切擁抱你，你
我到處看見的人民呵，
在恥辱裏生活的人民，佝僂的人民，
我要以帶血的手和你們一一擁抱，
因爲一個民族已經起來。

一個農人，他粗糙的身軀移動在田野中，
他是一個女人的孩子，許多孩子的父親，
多少朝代在他的身上升起又降落了
而把希望和失望壓在他身上，
而他永遠無言地跟在犂後旋轉，
翻起同樣的泥土溶解過他祖先的，

是同样的受难的形象凝固在路旁。
在大路上多少次愉快的歌声流过去了，
多少次跟来的是临到他的忧患；
在大路上人们演说，叫嚣，欢快，
然而他没有，他只放下了古代的锄头，
再一次相信名词，溶进了大众的爱，
坚定地，他看着自己移进死亡里，
而这样的路是无限的悠长的
而他是不能够流泪的，
他没有流泪，因为一个民族已经起来。

在群山的包围里，在蔚蓝的天空下，
在春天和秋天经过他家园的时候，
在幽深的谷里隐着最含蓄的悲哀：
一个老妇期待着孩子，许多孩子期待着
饥饿，而又在饥饿里忍耐，
在路旁仍是那聚集着黑暗的茅屋，
一样的是不可知的恐惧，一样的是
大自然中那侵蚀着生活的泥土，
而他走去了从不回头诅咒。
为了他我要拥抱每一个人，
为了他我失去了拥抱的安慰，
因为他，我们是不能给以幸福的，
痛哭吧，让我们在他的身上痛哭吧，
因为一个民族已经起来。

一样的是这悠久的年代的风，
一样的是从这倾圮的屋檐下散开的

是同樣的受難的形象凝固在路旁。
在大路上多少次愉快的歌聲流過去了，
多少次跟來的是臨到他的憂患，
在大路上人們演說，叫囂，歡快，
然而他沒有，他只放下了古代的鋤頭，
再一次相信名辭，溶進了大衆的愛，
堅定地，他看見自己移進死亡裡，
而這樣的路是無限的悠長的，
而他是不能夠流淚的，
他沒有流淚，因爲一個民族已經起來。

在羣山的包圍裡，在蔚藍的天空下，
在春天和秋天經過他家園的時候，
在幽深的谷裡隱着最含蓄的悲哀：
一個老婦期待着孩子，許多孩子期待着
飢餓，而又在飢餓裡忍耐，
在路旁仍是那聚集着黑暗的茅屋，
一樣的是不可知的恐懼，一樣的是
大自然中那侵蝕着生活的泥土，
而他走去了從不回頭詛咒。
爲了他我要擁抱每一個人，
爲了他我失去了擁抱的安慰，
因爲他，我們是不能給以幸福的，
痛哭吧，讓我們在他的身上痛哭吧，
因爲一個民族已經起來。

一樣的是這悠久的年代的風，
一樣的是從這傾圮的屋簷下散開的

无尽的呻吟和寒冷，
它歌唱在一片枯槁的树顶上，
它吹过了荒芜的沼泽，芦苇和虫鸣，
一样的是这飞过的乌鸦的声音，
当我走过，站在路上踟蹰，
我踟蹰着为了多年耻辱的历史
仍在这广大的山河中等待，
等待着，我们无言的痛苦是太多了，
然而一个民族已经起来，
然而一个民族已经起来。

一九四一，十二月。

無盡的呻吟和寒冷，
它歌唱在一片枯槁的樹頂上，
它吹過了無數的沼澤，蘆葦和蟲鳴，
一樣的是這飛過的烏鴉的聲音，
當我走過，站在路上踟躕，
我踟躕着為了多年恥辱的歷史
仍在這廣大的山河中等待，
等待着，我們無言的痛苦是太多了，
然而一個民族已起來，
然而一個民族已經起來。

一九四一，十二月。

控诉

（一）

冬天的寒冷聚集在这里，朋友，
对于孩子一个忧伤的季节，
因为他还笑着春天的笑容——
当勇敢的穿过落叶之中

瑟缩，变小，骄傲于自己的血；
为什么世界剥落在遗忘里，
去了去了是彼此的召呼，
和那充满了浓郁信仰的空气。

而有些走在残酷的土地上
跋涉着经验，失迷的灵魂
再不能安于一个角度
的温暖，怀乡的痛楚枉然；

有些关起了心里的门窗，
逆着风，走上失败的路程，
虽然他们忠实在任何情况，
春天的花朵，落在时间的后面；

因为我们的背景是千万人民，
悲惨，热烈，或者愚昧地，
他们和恐惧并肩而战争，
自私的，是被保卫的那些个城：

控訴

（一）

冬天的寒冷聚集在這裡，朋友，
對於孩子一個憂傷的季節，
因爲他還笑着春天的笑容——
當勇敢的穿過落葉之中

瑟縮，變小，驕傲於自己的血；
爲什麼世界剝落在遺忘裡，
去了去了是彼此的召呼，
和那充滿了濃郁信仰的空氣。

空一行/

而有些走在殘酷的土地上
跋涉着經驗，失迷的靈魂
再不能安於一個角度
的溫暖，懷鄉的痛楚枉然；

有些關起了心裡的門窗，
逆着風，走上失敗的路程，
雖然他們忠實在任何情況，
春天的花朵，落在時間的後面；

因爲我們的背景是千萬人民，
悲慘，熱烈，或者愚昧地，
他們和恐懼並肩而戰爭，
自私的，是被保衛的那些個城：

空一行/

我们看见无数的耗子，人——
避开了，计谋着，走出来，
压榨了勇敢的，或者捐助
财产获得了荣名，社会的梁木。

我们看见，这样现实的态度
强过你任何的理想，只有它
不毁于战争。服从，喝彩，受苦，
是哭泣的良心唯一的责任——

无声。在这样的背景前，
冷风吹进了今天和明天，
冷风吹散了我们长住的
永久的家乡和暂时的旅店。

（二）

我们做什么？我们做什么？
生命永远诱惑着我们
在苦难里，渴寻安乐的陷阱，
唉，为了它只一次，不再来临；

也是立意的复仇，终于合法地
自己的安乐践踏在别人心上
的蔑视，欺凌，和嫉妒里，
虽然陷下，彼此的损伤。

或者半死？每天侵来的欲望

我們看見無數的耗子，人——
避開了，計謀着，走出來，
壓榨了勇敢的，或者捐助
財產獲得了榮名，社會的棵木，

我們看見，這樣現實的態度
强過你任何的理想，只有它
不毀於戰爭。服從，喝采，受苦，
是哭泣的良心唯一的責任——

無聲。在這樣的背景前，
冷風吹進了今天和明天，
冷風吹散了我們長住的
永久的家鄉和暫時的旅店。

（二）

我們做什麼？我們做什麼？
生命永遠訴說着我們
在苦難裡，渴尋安樂的陷阱，
唉，爲了它只一次，不再來臨，

也是立意回復仇，終於合法地
自己的安樂踐踏在別人心上
的蔑視，欺凌，和嫉妒裡，
雖然陷下，彼此的損傷。

或者半死？每天侵來的慾望

隔离它，勉强在腐烂里寄生，
假定你的心里是有一座石像，
刻画它，刻画它，用省下的力量，

而每天的报纸将使它吃惊，
以恫吓来劝说他顺流而行，
也许它就要感到不支了，
倾倒，当世的讽笑；

但不能断定它就是未来的神，
这痛苦了我们整日，整夜，
零星的知识已使我们不再信任
血里的爱情，而其残缺

我们为了补救，自动地流放，
什么也不做，因为什么也不信仰，
阴霾的日子，在知识的期待中，
我们想着那样有力的童年。

这是死。历史的矛盾压着我们，
平衡，毒戕我们每一个冲动。
那些盲目的会发泄他们所想的，
而智慧使我们懦弱无能。

我们做什么？我们做什么？
O，谁该负责这样的罪行：
一个平凡的人，里面蕴藏着
无数的暗杀，无数的诞生。

一九四一，一月。

隔離它，勉强在腐爛裡寄生，
假定你的心裡是有一座石像，
刻畫它，刻畫它，用省下的力量，

而每天的報紙將使它吃驚，
以恫嚇來勸說它順流而行，
也許它就要感到不支了，
傾倒，當世的諷笑；

但不能斷定它就是未來的神，
這痛苦了我們整日，整夜，
零星的知識已使我們不再信任
血裡的愛情，而其殘缺

我們爲了補救，安全的流放，
什麼也不做，因爲什麼也不信仰，
陰霾的日子，在知識的期待中，
我們想着那樣有力的童年。

這是死。歷史的矛盾壓着我們，
平衡：毒戕我們每一個衝動。
那些盲目的會發洩他們所想的，
而智慧使我們懦弱無能。

我們做什麼？我們做什麼？
O誰該負責這樣的罪行：
一個平凡的人，裡面蘊藏着
無數的暗殺，無數的誕生。

地

一九四一，十月。

出发

告诉我们和平又必需杀戮，
而那可厌的我们先得去欢喜。
知道了『人』不够，我们再学习
蹂躏它的方法，排成机械的阵式，
智力体力蠕动着像一群野兽，

告诉我们这是新的美。因为
我们吻过的已经失去了自由；
好的日子去了，可是接近未来，
给我们失望和希望，给我们死，
因为那死底制造必需摧毁，

给我们善感的心灵又要它歌唱
僵硬的声音。个人的哀喜
被大量制造又该被蔑视，
被否定，被僵化，是人生底意义；
在你底计划里有毒害的一环，

就把我们囚进现在，呵上帝！
在犬牙的甬道中让我们反复
行进，让我们相信你句句的紊乱
是一个真理。而我们是皈依的，
你给我们丰富，和丰富底痛苦。

一九四二，二月。

出發

告訴我們和平又必需殺戮，
而那可厭的我們先得去歡喜。
知道了「人」不够，我們再學習
蹂躪它的方法，排成機械的陣式，
智力體力蠕動着一羣野獸，

告訴我們這是新的美。因爲
我們吻過的已經失去了自由；
好的日子去了，可是接近未來，
給我們失望和希望，給我們死，
因爲那死底製造必需摧毀，

給我們善感的心靈又要它歌唱
僵硬的聲音。個人的哀喜
被大量製造又該被蔑視，
被否定，被僵化，是人生的意義；
在你底計劃裡有毒害的一環，

就把我們囚進現在，呵上帝！
在犬牙的甬道中讓我們反覆
行進，讓我們相信你句句的紊亂
是一個眞理。而我們是皈依的，
你給我們豐富，和豐富底痛苦。

一九四二，二月。

活下去

活下去，在这片危险的土地上，
活在成群死亡的降临中，
当所有的幻象已变狰狞，所有的力量已经
如同暴露的大海
凶残摧毁凶残，
如同你和我都渐渐强壮了却又死去
那永恒的人。

弥留在生的烦扰里，
在淫荡的颓败的包围中，
看！那里已奔来了即将解救我们一切的
饥寒的主人；
而他已经鞭击，
而那无声的黑影已在苏醒和等待
午夜里的牺牲。

希望，幻灭，希望，再活下去
在无尽的波涛的淹没中，
谁知道时间的沉重的呻吟就要坠落在
于诅咒里成形的
日光闪耀的岸沿上；
孩子们呀，请看黑夜中的我们正怎样孕育
难产的圣洁的感情。

一九四四，九月。

活下去

活下去，在這片危險的土地上，
活在成羣死亡的降臨中，
當所有的幻象已變猙獰所有的力量已經
如同暴露的大海
凶殘摧毀凶殘，
如同你和我都漸漸強壯了却又死去
那永恒的人。

彌留在生的煩擾裡，
在淫蕩的頹敗的包圍中，
看！那裡已奔來了即將解救我們一切的
飢寒的主人；
而他已經鞭擊，
而那無聲的黑影已在蘇醒和等待
午夜裡的犧牲。

希望，幻滅，希望，再活下去
在無盡的波濤的淹沒中，
誰知道時間的沉重的呻吟就要墮落在
於詛咒裡成形的
日光閃耀的岸沿上；
孩子們呀，請看黑夜中的我們正怎樣孕育
難產的聖潔的感情。

一九四四，九月。

退伍

城市的夷平者，回到城市来，
没有个性的兵，重新恢复一个人，
战争太给你寂寞，可是回想
那钢铁的伴侣也给你欢乐，

这里却不成：陌生还是陌生，
没有燃烧的字，可以为它舍命，
也没有很快的亲切，孩子般的无耻，
那里全打破这里的平庸，

也没有从危险逼出的幻想，
习惯于接受，人们自私的等待，
而且腐烂，没有方法生活，
城市的保卫者，回到母亲的胸怀：

过去是死，现在渴望再生，
过去是分离违反着感情，
但是我们的胜利者回来看见失败，
和平的给与者，你也许不能

立刻回到和平，在和平里粉碎，
由不同的每天变为相同，
毫未准备，死难者生还的伙伴，
你未来的好日子隐藏着敌人。

我们在摸索：没有什么可以并比，
当你们巨大的意义忽然结束；
要恢复自然，在行动后的空虚里，
要换下制服，热血的梦想者

虽然有点苍老，也许反不如穿上
那样容易；过去有牺牲的欢快，
现在则是日常生活，现在要拾起
过去遗弃的，虽然是回到我们当中——

辛苦过的弟兄，你却有点隔膜，
想着年青的日子在那些有名的地方，
因为是在一次人类的错误里，包括你自己，
从战争回来的，你得到难忘的光荣。

一九四五，四月。

退伍

城市的夷平者，回到城市來，
沒有個性的兵，重新恢復一個人，
戰爭太給你寂寞，可是回想
那鋼鐵的伴侶也給你歡樂，

這裡卻不成：陌生還是陌生，
沒有燃燒的字，可以爲它捨命，
也沒有很快的親切，孩子般的無恥，
那裡全打破這裡的平庸，

也沒有從危險逼出的幻想，
習慣於接受，人們自私的等待，
而且腐爛，沒有方法生活，
城市的保衛者，回到母親的胸懷：

過去是死，現在渴望再生，
過去是分離違反着感情，
但是我們的勝利者回來看見失敗，
和平的給與者，你也許不能

立刻回到和平，在和平裡粉碎，
由不同的每天變爲相同，
毫未準備，死難者生還的夥伴，
你未來的好日子隱藏着敵人。

我們在摸索：沒有什麼可以並比，
當你們巨大的意義忽然結束；
要恢復自然，在行動後的空虛裡，
要換下制服，熱血的夢想者

雖然有點蒼老，也許反不如穿上
那樣容易；過去有犧牲的歡快，
現在則是日常生活，現在要拾起
過去遺棄的，雖然是回到我們當中——

辛苦過的弟兄，你却有點隔膜，
還着年青的日子在那些有名的地方，
因爲是在一次人類的錯誤裡，包括你自己，
從戰爭回來的，你得到難忘的光榮。

一九四五，四月。

我们都在下面，你在高空飘扬，
风是你的身体，你和太阳同行，
常想飞出物外，却为地面拉紧，

是写在天上的话，大家都认识，
又简单明确，又博大无形，
是英雄们的游魂活在今日，

你渺小的身体是战争的动力，
战争过后，而你是唯一的完整，
我们化成灰，光荣由你留存，

太肯负责任，我们有时茫然，
资本家和地主拉你来解释，
用你来取得众人的和平，

是大家的心，可是比大家聪明，
带着清晨来，随黑夜而受苦，
你最会说出自由的欢欣，

四方的风暴，由你最先感受，
是大家的方向，因你而胜利固定，
我们爱慕你，如今属于人民。

一九四五，四月。

旗

我們都在下面，你在高空飄揚，
風是你的身體，你和太陽同行，
常想飛出物外，却爲地面拉緊，

是寫在天上的話，大家都認識，
又簡單明確，又博大無形，
是英雄們的遊魂活在今日，

你渺小的身體是戰爭的動力，
戰爭過後，而你是唯一的完整，
我們化成灰，光榮由你留存，

空一行

太肯負責任，我們有時茫然，
資本家和地主拉你來解釋，
用你來取得衆人的和平，

是大家的心，可是比大家聰明，
帶着清晨來，隨黑夜而受苦，
你最會說出自由的歡欣，

四方的風暴，由你最先感受，
是大家的方向，因你而勝利固定，
我們愛慕你，如今屬於人民。

一九四五四月

给战士

这样的日子，这样才叫生活，
再不必做牛，做马，坐办公室，
大家的身子都已直立，

再不必给压制者挤出一切，
累得半死，得点酬劳还要感激，
终不过给快乐的人们垫底，

还有你，几乎已经牺牲，
为了社会里大言不惭的爱情，
现在由危险渡入安全的和平，

还有你，从来得不到准许
这样充分的表现你自己，
社会只要你平庸，一直到死，

可是今天，所有的无力
都在新生，巨狮已经咆哮，
过去是奴隶，冷淡，和叹息，

这样的日子，这样才叫生活，
太阳晒着你，风吹着你，
和你面对面的再不是恐惧，

人民的世纪，大家终于起来
为日常生活而战，为自己牺牲，

給戰士

這樣的日子，這樣才叫生活，
再不必做牛，做馬，坐辦公室，
大家的身子都已直立，

再不必給壓制者擠出一切，
累得半死，得點酬勞還要感激，
終不過給快樂的人們墊底，

還有你，幾乎已經犧牲，
爲了社會裡大言不慚的愛情，
現在山危險渡入安全的和平，

還有你，從來得不到准許
這樣充分的表現你自己，
社會只要你平庸，一直到死，

可是今天，所有的無力
都在新生，巨獅已經咆哮，
過去是奴隸，冷淡，和嘆息，

這樣的日子，這樣才叫生活，
太陽曬着你，風吹着你
和你面對面的再不是恐懼，

人民的世紀，大家終於起來，
爲日常生活而戰，爲自己犧牲，

人民里有了自己的英雄，

有了自己的笑，有了志愿的死，
多么久了我们只是在梦想，
如今一切终于在我们手中，

有这么一天，不必再乞求，
为爱情生活，大家都放心，
大家的血里复旋起古代的英灵，

这是真正的力，为我们取得，
不可屈辱的，如今得到证明，
在坦途行进，每一步都是欢欣，

别了，那寂寞而阴暗的小屋，
别了，那都市的奢烂的生活，
看看我们，这样的今天才是生！

一九四五，五月。

人民裡有了自己的英雄，

有了自己的笑，有了志願的死，
多麼久了我們只是在夢想，
如今一切終於在我們手中，

有這麼一天，不必再乞求、
爲愛情生活，大家都放心，
大家的血裡復旋起古代的英靈，

這是眞正的力，爲我們取得，
不可屈辱的，如今得到証明，
在坦途行進，每一步都是歡欣，

空一行

別了，那寂寞而陰暗的小屋，
別了，那都市的靡爛的生活，
看看我們，這樣的今天才是生！

一九四五、五月。

野外演习

我们看见的是一片风景：
多姿的树，富有哲理的坟墓，
那风吹的草香也不能伸入他们的匆忙，
他们由永恒躲入刹那的掩护，

事实上已承认了大地的母亲，
又把几码外的大地当做敌人，
用烟幕掩蔽，用枪炮射击，
不过招来损伤：永恒的敌人从未在这里。

人和人的距离却因而拉长，
人和人的距离才忽而缩短，
危险这样靠近，眼泪和微笑
合而为人生：这里是单纯的缩形。

也是最古老的职业，越来
我们越看到其中的利润，
从小就学起，残酷总嫌不够，
全世界的正义都这么要求。

一九四五，七月。

野外演習

我們看見的是一片風景：
多姿的樹，富有哲理的墳墓，
那風吹的草香也不能伸入他們的匆忙，
他們由永恒躲入刹那的掩護，

事實上已承認了大地的母親，
又把幾碼外的大地當做敵人，
用煙霧掩蔽，用鎗砲射擊，
不過招來損傷：永恒的敵人從未在這裡。

人和人的距離因而拉長，
人和人的距離才忽而縮短，
危險這樣靠近，眼淚和微笑
合成爲人生：這裡是單純的縮形。

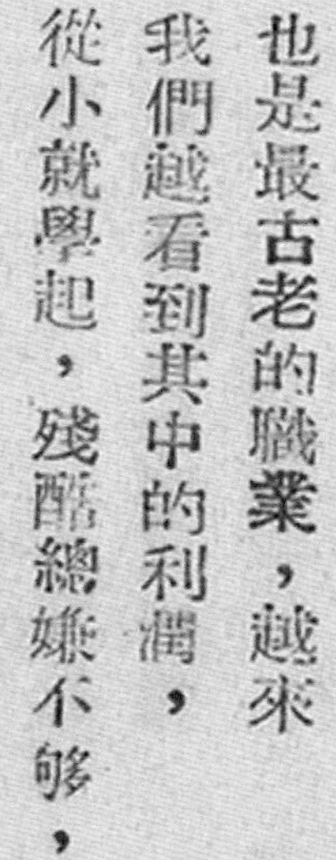

也是最古老的職業，越來
我們越看到其中的利潤，
從小就學起，殘酷總嫌不够，
全世界的正義都這麼要求。

一九四五，七月。

七七

你是我们请来的大神，
我们以为你最主持公平，
警棍，水龙，和示威请愿，
不过是为了你的来临。

你是我们最渴望的叔父，
我们吵着要听你讲话，
他们反对的，既然你已来到，
借用我们的话来向你欢迎。

谁知道等你长期住下来，
我们却一天比一天消瘦，
你把礼品胡乱的分给，
而尽力使唤的却是我们。

你的产业将由谁承继，
虽然现在还不能确定，
他们显然是你得意的子孙，
而我们的苦衷将无迹可存。

一九四五，七月。

七七

你是我們請來的大神，
我們以爲你最主持公平，
警棍，水龍，和示威請願，
不過是爲了你的來臨。

你是我們最渴望的叔父，
我們吵着要聽你講話，
他們反對的，既然你已來到，
借用我們的話來向你歡迎。

誰知道等你長期住下來，
我們却一天比一天消瘦，
你把禮品胡亂的分給，
而盡力使喚的却是我們。

你的產業將由誰承繼，
雖然現在還不能確定，
他們顯然是你得意的子孫，
而我們的苦衷將無跡可存。

一九四五，七月。

先导

伟大的导师们，不死的苦痛，
你们的灰尘安息了，你们的时代却复生，
你们的牺牲忘却了，一向以欢乐崇奉，
而巨烈的东风吹来把我们摇醒，

当春日的火焰熏暗了今天，
明天是美丽的，而又容易把我们欺骗，
那醒来的我们知道是你们的灵魂，
那刺在我们心里的是你们永在的伤痕，

在无尽的斗争里，我们的一切已经赤裸，
那不情愿的，也被迫在反省或者背弃中，
我们最需要的，他们已经流血而去，
把未完成的痛苦留给他们的子孙，

不灭的光辉！虽然不断的讽笑在伴随，
因为你们只曾给与，呵，至高的欢欣！
你们唯一的遗嘱是我们，这醒来的一群，
穿着你们燃烧的衣服，向着地面降临。

一九四五，七月。

先導

偉大的導師們，不死的苦痛，
你們的灰塵安息了，你們的時代却復生，
你們的犧牲忘却了，一向以歡樂崇奉，
而亘烈的東風吹來把我們搖醒，

當春日的火焰熏暗了今天，
明天是美麗的，而又容易把我們欺騙，
那醒來的我們知道是你們的靈魂，
那刺在我們心裏的是你們永在的傷痕，

在無盡的鬥爭裡，我們的一切已經赤裸，
那不情願的，也被迫在反省或者背棄中，
我們最需要的，他們已經流血而去，
把未完成的痛苦留給他們的子孫，

不滅的光輝！雖然不斷的諷笑在伴隨，
因爲你們只會給與，呵，至高的歡欣！
你們唯一的遺囑是我們，這醒來的一羣，
穿着你們燃燒的衣服，向着地面降臨。

一九四五，七月。

农民兵

（二）

不知道自己是最可爱的人，
只听长官说他们太愚笨，
当富人和猫狗正在用餐，
是长官派他们看守着大门。

不过到城里来出一出丑，
因而抛下家里的田地荒芜，
国家的法律要他们捐出自由：
同样是挑柴，挑米，修盖房屋。

也不知道新来了意义，
大家都焦急的向他们注目——
未来的世界他们听不懂，
还要做什么？倒比较清楚。

带着自己小小的天地：
已知的长官和未知的饥苦，
只要不死，他们还可以云游，
看各种新奇带一点糊涂。

農民兵（一）

不知道自己是最可愛的人，
只聽長官說他們太愚笨，
當富人和貓狗正在用餐，
是長官派他們看守着大門。

不過到城裡來出一出醜，
因而拋下家裡的田地荒蕪，
國家的法律要他們捐出自由：
同樣是挑柴，挑米，修蓋房屋。

也不知道新來了意義，
大家都焦急的向他們注目——
未來的世界他們聽不懂，
還要做什麼？倒比較清楚。

帶着自己小小的天地：
已知的長官和未知的飢苦，
只要不死，他們還可以雲遊，
看各種新奇帶一點糊塗。

（二）

他们是工人而没有劳资，
他们取得而无权享受，
他们是春天而没有种子，
他们被谋害从未曾控诉。

在这一片沉默的后面，
我们的城市才得以腐烂，
他们向前以我们遗弃的躯体
去迎受二十世纪的杀伤。

美丽的过去从不是他们的，
现在的不平更为显然，
而我们竟想以锁链和饥饿
要他们集中相信一个诺言。

那一向都受他们豢养的
如今已摇头要提倡慈善，
但若有一天真理爆炸，
我们就都要丢光了脸面。

一九四五，七月。

（二）

他們是工人而沒有勞資，
他們取得而無權享受，
他們是春天而沒有種子，
他們被謀害從未曾控訴。

在這一片沉默的後面，
我們的城市才得以腐爛，
他們向前以我們遺棄的軀體
去迎受二十世紀的殺傷。

美麗的過去從不是他們的，
現在的不平更為顯然，
而我們竟想以鐵鍊和飢餓
要他們集中相信一個諾言。

那一向都受他們豢養的
如今已搖頭要提倡慈善，
但若有一天真理爆炸，
我們就都要丟光了臉面。

一九四五，七月。

打出去

这场不意的全体的试验，
这毫无错误的一加一的计算，
我们由幻觉渐渐往里缩小
直到立定在现实的冷刺上显现：

那丑恶的全已疼过在我们心里，
那美丽的也重在我们的眼里燃烧，
现在，一个清晰的理想呼求出生，
最大的阻碍：要把你们击倒，

那被强占了身体的灵魂
每日每夜梦寐着归还，
它已经洗净，不死的意志更明亮，
它就要回来，你们再不能够阻拦，

多么久了，我们情感的弱点
枉然地向那深陷下去的旋转，
那不能补偿的如今已经起立，
最后的清算，就站在你们面前。

一九四五，七月。

打出去

這場不意的全體的試驗，
這毫無錯誤的一加一的計算，
我們由幻覺漸漸往裡縮小
直到立定在現實的冷刺上顯現：

那醜惡的全已疼過在我們心裡，
那美麗的也重在我們的眼裡燃燒，
現在，一個淸晰的理想呼求出生，
最大的阻礙：要把你們擊倒，

那被强佔了身體的靈魂
每日每夜夢寐着歸還，
它已經洗淨，不死的意志更明亮，
它就要回來，你們再也不能够阻攔，

多麼久了，我們情感的弱點
枉然地向那深陷下去的旋轉，
那不能補償的如今已經起立，
最後的淸算，就站在你們面前。

一九四五、七月。

轰炸东京

我们漫长的梦魇，我们的混乱，
我们有毒的日子早已该流去，
只是有一环它不肯放松，
炸毁它，我们的伤口才得以合拢。

唯一的不理解，在这里侵占，
我们的思想炽热已不能等待，
传开去，不用外交家和播音机，
那燃烧的大火是仅可能的语言。

由于我们软弱，你们的美德，
利用无知，那天皇的光荣，
尽管你们发狂保卫至死：
我们的常识却布满你们可怜的天空。

因为一个合理的世界就要投下来，
我们必须把你们长期的罪恶提醒，
种子已出芽：每个死亡的爆炸
都为我们受苦的父老爆开欢欣。

一九四五，七月。

轟炸東京

我们漫長的夢魘，我们的混乱，
我们有毒的日子早已該流去，
只是有一環它不肯放鬆，
炸毀它，我们的傷口才得以合攏。

唯一的不理解，在这裡侵佔，
我们的思想熾熱已不能等待，
傳開去，不用外交家和播音机，
那燃燒的大火是僅可能的語言。

由於我们的軟弱，你们的美德，
利用無知，那天皇的光榮，
儘管你们瘋狂保衛至死：
我们的常識卻佈满你们可憐的天空。

因為一个合理的世界就要投下来，
我们必须把你们長期的罪惡提醒，
種子已出芽：每个死亡的爆炸
都為我们受苦的父老爆開欢欣。

一九四五，七月。

奉献

这从白云流下来的时间，
这充满鸟啼和露水的时间，
我们已经随意的使它枯去：
这个清早，他却抓住了献给美满，

他的身子倒在绿色的原野上，
一切的烦忧都同时放低，
一个最高的意志，在欢快中解放，
一颗子弹，把他的一生结为整体，

那做母亲的太阳，看他长大，
看他远近的为阴影所欺，
如今却贴心的把他拥抱：
问题留下来，他肯定的回答升起，

其余的，都等着土地收回，
他精致的头已垂下来顺从，
我们敬礼，他是交还了自己的生命
比较主所赐给的更为光荣。

一九四五，七月。

奉献

這從白雲流下來的時間，
這充滿了鳥啼和露水的時間，
我們已經隨意的使它枯去：
這個清早，他却抓住了獻給美滿，

他的身子倒在綠色的草原上，
一切的煩憂都同時放低，
一個最高的意志，在歡快中解放，
一顆子彈，把他的一生結爲整體，

那做母親的太陽，看他長大，
看他遠遠的爲陰影所欺，
如今却心貼心的把他擁抱：
問題留下來，他肯定的回答升起，

其餘的，都等着土地收回，
他精緻的頭已垂下來順從，
我們敬禮，他是交還了自己的生命
比較主所賜給的更爲光榮。

一九四五，七月。

反攻基地

日里夜里，飞机起来和降落
以三百哩的速度增加着希望，
历史的这一步必须要踏出：
汽车川流着如夏日的河谷。

这一个城市：拱卫在行动的中心，
太阳走下来向每个人歌唱：
我不辨是非，也不分种族，
我只要你向泥土扩张，和我一样。

过去的还想在这里停留，
『现在』却垄断如一场传染病，
各样的饥渴全都要满足，
商人和毛虫欢快如美军。

将军们正聚起眺望着远方，
这里不过是朝『未来』的跳板，
凡有力量的都可以上来，
是你还是他暂时全不管。

一九四五，七月。

反攻基地

日裡夜裡，飛機起來和降落
以三百哩的速度增加着希望，
歷史的這一步必須要踏出：
汽車川流着如夏日的河谷。

這一個城市：拱衛在行動的中心，
太陽走下來向每個人歌唱：
我不辨是非，也不分種族，
我只要你向泥土擴張，和我一樣。

過去的還想在這裡停留，
「現在」卻壟斷如一場傳染病，
各樣的飢渴全都要滿足，
商人和毛蟲歡快如美軍。

將軍們正聚起眺望着遠方，
這裡不過是朝「未來」的跳板，
凡有力量的都可以上來，
是你還是他暫時全不管。

一九四五，七月。

通货膨胀

我们的敌人已不再可怕，
他们的残酷我们看得清，
我们以充血的心沉着地等待，
你的淫贱却把它弄昏。

长期的诱惑：意志已混乱，
你借此倾覆了社会的公平，
凡是敌人的敌人你一一谋害，
你的私生子却得到太容易的成功。

无主的命案，未曾提防的
叛变，最近的乡村都卷进，
我们的英雄还击而不见对手，
他们受辱而死，却由于你的捉弄。

在你的光彩下，正义只显得可怜，
你是一面蛛网，居中的只有蛆虫，
如果我们要活，他们必需死去，
天气晴朗，你的统治先得肃清！

一九四五，七月。

通貨膨脹

我們的敵人已不再可怕，
他們的殘酷我們看得清，
我們以充血的心沉着地等待，
你的淫賤却把宅弄昏，

長期的誘惑：意志已混乱，
你暗[illegible]傾覆了社會的公平，
凡是敵人的敵人你一一謀害，
你的私生子却得到太容易的成功，

無主的命案，未曾提防的
叛變，最遠的鄉村都捲進，
我們的英雄還擊而不見對手，
他們受辱而死，却出於你的捉弄。

在你的光彩下，正義只顯得可憐，
你是一面蛛網，居中的只有蛆蟲，
如果我們要活，他們必需死去，
天氣晴朗，你的統治先得肅清。

一九四五，七月。

心颂

虽然你的形象最不能确定，
就是九头鸟也做出你的面容，
背离你的时候他们才最幸运，
秘密的，他们讥笑着你的无用，

虽然你从未向他们露面，
和你同来的，却使他们吃惊：
饥寒交迫，常不能随机应变，
不得意的官吏，和受苦的女人，

也不见报酬在未来的世界，
一条死胡同使人们退缩：
然而孤独者却挺身前行，
向着最终的欢快，逐渐取得，

因为你最能够分别美丑，
至高的感受，才不怕你的爱情，
他看见历史：只有真正的你
的事业，在一切的失败里成功。

一九四五，七月。

心頌

雖然你的形象最不能確定，
就是九頭鳥也做出你的面容，
背離你的時候他们才最幸運，
秘密的，他们譏笑着你的無用，

雖然你從未向他们露面，
和你同來的，卻使他们吃驚：
飢寒交迫，常不能隨机应变，
不得意的官吏，和受苦的女人，

也不見報酬在未來的世界，
一條死胡同使人们退縮；
然而孤独者卻挺身前行，
向着最終的欢快，逐漸取得，

因為你最能够分别美醜，
至高的感受，才不怕你的愛情，
他看見歷史：只有真正的你
的事業，在一切的失敗裡成功。

一九四五，七月。

一个战士需要温柔的时候

你的多梦幻的青春，姑娘，
别让战争的泥脚把它踏碎，
那里才有真正的火焰，
而不是这里燃烧的寒冷，
当初生的太阳从海边上升，
林间的微风也刚刚苏醒，

别让那么多残酷的哲理，姑娘，
也织上你的锦绣的天空，
你的眼泪和微笑有更多的话，
更多的使我持枪的信仰，
当劳苦和死亡不断的绵延，
我宁愿它是南方的欺骗，

因为青草和花朵还在你心里，
开放着人间仅有的春天，
别让我们充满意义的糊涂，姑娘，
也把你的丰富变为荒原，
唯一的憩息只有由你安排，
当我们摧毁着这里的房屋，

你的年代在前或在后，姑娘，
你的每个错觉都令我响往，
只不要堕入现在，它嫉妒
我们已得或未来的幸福，
等一个较好的世界能够出生，
姑娘，它会保留你纯洁的欢欣。

一九四五，七月。

一個戰士需要溫柔的時候

你的多夢幻的青春，姑娘，
別讓戰爭的泥脚把它踏碎，
那裡才有眞正的火焰，
而不是這裡燃燒的寒冷，
當初生的太陽從海邊上升，
林間的微風也剛剛蘇醒，

別讓那麼多殘酷的哲理，姑娘，
也織上你的錦繡的天空，
你的眼淚和微笑有更多的話，
更多的使我持鎗的信仰，
當勞苦和死亡不斷的綿延，
我寧願它是南方的欺騙，

因爲青草和花朵還在你心裡，
開放着人間僅有的春天，
別讓我們充滿意義的糊塗，姑娘，
也把你的豐富變爲荒原，
唯一的憩息只有由你安排，
當我們摧毁着這裡的房屋，

你的年代在前或在後，姑娘，
你的每個錯覺都令我嚮往，
只不要墮入現在，它嫉妬
我們已得或未來的幸福，
等一個較好的世界能够出生，
姑娘，它會保留你純潔的歡欣。

一九四五，七月。

森林之魅

——祭胡康河谷上的白骨

森　林：

没有人知道我，我站在世界的一方。
我的容量大如海，随微风而起舞，
张开绿色肥大的叶子，我的牙齿。
没有人看见我笑，我笑而无声，
我又自己倒下来，长久的腐烂，
仍旧是滋养了自己的内心。
从山坡到河谷，从河谷到群山，
仙子早死去，人也不再来，
那幽深的小径埋在榛莽下，
我出自原始，重把秘密的原始展开。
那毒烈的太阳，那深厚的雨，
那飘来飘去的白云在我头顶，
全不过来遮盖，多种掩盖下的我
是一个生命，隐藏而不能移动。

人：

离开文明，是离开了众多的敌人，
在青苔藤蔓间，在百年的枯叶上，
死去了世间的声音。这青青杂草，
这红色小花，和花丛里的嗡营，
这不知名的虫类，爬行或飞走，
和跳跃的猿鸣，鸟叫，和水中的
游鱼，蟒和象和更大的畏惧，
以自然之名，全得到自然的崇奉，

森林之魅

——祭胡康河谷上的白骨

森林：

沒有人知道我，我站在世界的一方。
我的容量大如海，隨微風而起舞，
張開綠色肥大的葉子，我的牙齒。
沒有人看見我笑，我笑而無聲，
我又自己倒下來，長久的腐爛，
仍舊是滋養了自己的內心。
從山坡到河谷，從河谷到羣山，
仙子早死去，人也不再來，
那幽深的小徑埋在榛莽下，
我出自原始，重把秘密的原始展開。
那毒烈的太陽，那深厚的雨，
那飄來飄去的白雲在我頭頂，
全不過來遮蓋，多種掩蓋下的我
是一個生命，隱藏而不能移動。

人：

離開文明，是離開了衆多的敵人，
在青苔藤蔓間，在百年的枯葉上，
死去了世間的聲音。這青青雜草，
這紅色小花，和花叢裏的嗡營，
這不知名的蟲類，爬行或飛走，
和跳躍的猿鳴，鳥叫，和水中的
游魚，蟒和象和更大的畏懼，
以自然之名，全得到自然的崇奉，

无始无终，窒息在难懂的梦里，
我不和谐的旅程把一切惊动。

森　林：

欢迎你来，把血肉脱尽。

人：

是什么声音呼唤？有什么东西
忽然躲避我？在绿叶后面
它露出眼睛，向我注视，我移动
它轻轻跟随。黑夜带来它嫉妒的沉默
贴近我全身。而树和树织成的网
压住我的呼吸，隔去我享有的天空！
是饥饿的空间，低语又飞旋，
像多智的灵魅，使我渐渐明白
它的要求温柔而邪恶，它散布
疾病和绝望，和憩静，要我依从。
在横倒的大树旁，在腐烂的叶上，
绿色的毒，你瘫痪了我的血肉和深心！

森　林：

这不过是我，设法朝你走近，
我要把你领过黑暗的门径；
美丽的一切，由我无形的掌握，
全在这一边，等你枯萎后来临。
美丽的将是你无目的眼，
一个梦去了，另一个梦来代替，
无言的牙齿，它有更好听的声音。

無始無終，窒息在難懂的夢裡，
我不合諧的旅程把一切驚動。

森林：

歡迎你來，把血肉脫盡。

人：

是什麼聲音呼喚？有什麼東西
忽然躲避我？在綠葉後面
它露出眼睛，向我注視，我移動
它輕輕跟隨。黑夜帶來它嫉妒的沉默
貼近我全身。而樹和樹織成的網
壓住我的呼吸，隔去我享有的天空！
是飢餓的空間，低語又飛旋，
像多智的靈魅，使我漸漸明白
它的要求溫柔而邪惡，它散佈
疾病和絕望，和憩靜，要我依從。
在橫倒的大樹旁，在腐爛的葉上，
綠色的毒，你癱患了我的血肉和深心！

森林：

這不過是我，設法朝你走近，
我要把你領過黑暗的門徑；
美麗的一切，由我無形的掌握，
全在這一邊，等你枯萎後來臨。
美麗的將是你無目的眼，
一個夢去了，另一個夢來代替，
無言的牙齒，它有更好聽的聲音。

从此我们一起，在空幻的世界游走，
空幻的是所有你血液里的纷争，
一个长久的生命就要拥有你，
你的花，你的叶，你的幼虫。

祭歌

在阴暗的树下，在急流的水边，
逝去的六月和七月，在无人的山间，
你们的身体还挣扎着想要回返，
而无名的野花已在头上开满。

那刻骨的饥饿，那山洪的冲激，
那毒虫的啮咬和痛楚的夜晚，
你们受不了要向人讲述，
如今却是欣欣的林木把一切遗忘。

过去的是你们对死的抗争，
你们死去为了要活的人们生存，
那白热的纷争还没有停止，
你们却在森林的周期内，不再听闻。

静静的，在那被遗忘的山坡上，
还下着密雨，还吹着细风，
没有人知道历史曾在此走过，
留下了英灵化入树干而滋生。

一九四五，九月。

從此我們一起，在空幻的世界遊走，
空幻的是所有你血液裏的紛爭；
一個長久的生命就要擁有你，
你的花，你的葉，你的幼蟲。

祭歌

在陰暗的樹下，在急流的水邊，
逝去的六月和七月，在無人的山間，
你們的身體還掙扎着想要回返，
而無名的野花已在頭上開滿。

那刻骨的飢餓，那山洪的衝激，
那毒蟲的嚙咬和痛楚的夜晚，
你們受不了要向人講述，
如今卻是欣欣的林木把一切遺忘。

過去的是你們對死的抗爭，
你們死去爲了要活的人們生存，
那白熱的紛爭還沒有停止，
你們卻在森林的周期內，不再聽聞。

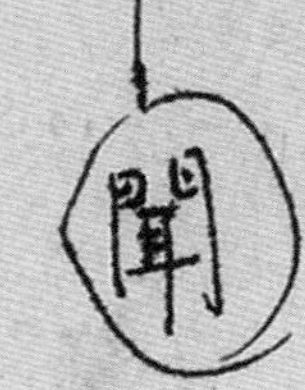

靜靜的，在那被遺忘的山坡上，
還下着密雨，還吹着細風，
沒有人知道歷史曾在此走過，
留下了英靈化入樹幹而滋生。

一九四五，九月。

云

凝结在天边，在山顶，在草原，
幻想的船，西风爱你来自远方，
一团一团像我们的心绪，你移去
在无岸的海上，触没于柔和的太阳。

是暴风雨的种子，自由的家乡，
低视一切你就洒遍在泥土里，
然而常常向着更高处飞扬，
随着风，不留一点泪湿的痕迹。

一九四五，十一月。

雲

凝結在天边，在山頂，在草原，
幻想的船，西風愛你来自遠方，
一團一團像我們的心绪，你移去，
在無岸的海上，觸沒於柔和的太陽。
是暴風雨的種子，自由的家鄉，
低視一切你就灑遍在泥土裡，
然而常常向着更高處飛揚，
隨着風，不留一点淚濕的痕跡。

一九四五，十一月。

时感

多谢你们的谋士的机智，先生，
我们已为你们的号召感动又感动，
我们的心，意志，血汗都可以牺牲，
最后的获得：原来是工具后的残忍。

你们的政治策略都非常成功，
每一步自私和错误都涂上了人民，
我们从没有听过这么美丽的言语，
先生，请快来领导，我们一定服从。

多谢你们飞来飞去在我们头顶，
在幕后高谈，折冲，策动；出来组织，
用一挥手表示我们必须去死
而你们一丝不改：说这是历史和革命。

人民的世纪：多谢先知的你们，
但我们已倦于呼喊万岁和万岁；
常胜的将军们，一点不必犹疑，
战栗的是我们，越来越需要保卫。

正义，当然的，是燃烧在你们心中，
但我们只有冷冷的感到——厌烦！
如果我们无力从谁的手里脱身，
先生，你们何妨稍吐露一点怜悯。

一九四七，一月。

時感

㊆

多謝你們的謀士的機智，先生，
我們已爲你們的號召感動又感動，
我們的心，意志，血汗都可以犧牲，
最後的獲得：原來是工具後的殘忍。

❋

你們的政治策略都非常成功，
每一步自私和錯誤都塗上了人民，
我們從沒有聽過這麼美麗的言語，
先生，請快來領導，我們一定服從。

❋

多謝你們飛來飛去在我們頭頂，
在幕後高談，折衝，策動；出來組織，
用一揮手表示我們必須去死
而你們一絲不改：說這是歷史和革命。

❋

人民的世紀：多謝先知的你們，
但我們已倦於呼喊萬歲和萬歲；
常勝的將軍們，一點不必猶疑，
戰慄的是我們，越來越需要保衛。

❋

正義，當然的，是燃燒在你們心中，
但我們只有冷冷的感到——厭煩！
如果我們無力從誰的手裏脫身，
先生，你們何妨稍吐露一點憐憫。

❋

一九四七、一月

苦闷的象征

我们都在垃圾堆里生长，
蛆虫的轨道被认为正常，
初次的爱情人们已经笑过去，
再一次追求，只有物质的无望。

那抱紧理想的，原来没有手，
于是压下更沉重的天空，
谨慎的学生，得到最好的分数，
因为放弃了至高的聪明。

常怀恐惧的，恐惧已经不在，
因为人生是这么短暂；
向前或向后，同样是丢失
现在的追问，和呼吸的闪亮。

和平的女神，你脚下的死亡
已越来越在我们中间滋长，
枯干的是花朵，有的因而结实，
有的在不断的翻悔里丧生。

一九四七，一月

苦悶的象徵

我們都在垃圾堆裡生長，
蛆蟲的軌道被認為正常，
初次的愛情人們已經笑過去，
再一次追求，只有物質的無望。

那抱緊理想的，原來並沒有手，
於是在下更沉重的天空，
謹慎的學生，得到最好的分數，
因為放棄了至高的聰明。

常懷恐懼的，恐懼已經不在，
因為發現人生是這麼短暫，
向前，或向後，同樣是丟失
現在的追問，和呼吸的內容。

和平的女神，你腳下的死亡
已越來越在我們中間成長；
有枯乾的是花朵，有的因而結實，
有的在不斷的翻悔裡喪生。

一九四七，一月

他们死去了

可怜的人们！他们是死去了，
我们却活着享有现在和春天。
他们躺在年青的时光下面，茫然的
毫无感觉，而我们有温暖的血，
明亮的眼，敏锐的鼻子，和
耳朵听见上帝在原野上
在树林和小鸟的喉咙里情话绵绵。

死去，在第一声号角吹起的时候，
像旋风，忽然在墙外停住——
他们再也看不见这树叶的美丽，
山的美丽，早晨的美丽，和一切
小小生命，含着甜蜜的安宁
到处茁生；而可怜的他们是死去了，
等不及上帝把他要说的话说清。

呵听！呵看！坐在窗前或者走出去，
鸟飞，云流，和煦的风吹拂，
一切是在我们里面，我们也在一切里面；
一个宇宙，睡了一会又睁开
奇异的眼睛，向生命寻求——
但可怜他们是再也不能够醒来了，
他们是死在那被遗忘的心痛之中。

一九四七，二月。

他们死去了

可憐的人们！他们是死去了，
我们却活着享有現在和春天。
他们躺在[illegible]的時光下面，茫然的
毫無感覚，而我们有温暖的血，
明亮的眼，敏銳的鼻子，和
耳朵听見上帝在原野上
在樹木和小鳥的喉嚨裡情話綿綿。

死去，在第一声角号吹起的時候，
像旋風，忽然在墙外停住——
他们再也看不見这樹葉的美麗，
山的美麗，早晨的美麗，和一切
小小生命，含着甜蜜的安寧
到處茁生；而可憐的他们是死去了，
等不及上帝把他要說的話說清。

呵聽！呵看！坐在窗前或者走出去，
鳥飛，雲流，和煦的風吹拂，
一切是在我们裡面，我们也在一切裡面：
一个宇宙，睡了一会又睜開
奇異的眼睛，向生命[illegible]尋求——
但可憐他们是再也不能够[illegible]来了，
他们是死在那被遺忘的痛之中。
一九四七，二月。

诞辰有作

（一）

从至高的虚无接受层层的命令，
不过是观测小兵，深入广大的敌人，
必须以双手拥抱，得到不断的伤痛。

多么快已踏过了清晨无罪的门槛，
那晶莹寒冷的光线就快要冒烟，燃烧，
当太洁白的死亡呼求到色彩里投生，

是不情愿的情愿，不肯定的肯定，
攻击和再攻击，不过酝酿最后的叛变，
胜利和荣耀永远属于不见的主人，

然而暂刻就是诱惑，从无到有，
一个没有年岁的人站入青春的影子：
发见自己的欢快，在毁灭的火焰之中。

（二）

时而巨烈，时而缓慢，向这微尘里流注，
时间，它吝啬又嫉妒，创造同时毁灭，
接连的承受它的任性于是有了我，

在过去和未来两大黑暗间，以不断熄灭的
现在，举起了泥土，思想，和荣耀，
你和我，和这可憎的一切的分野，

诞辰有作

誕辰有作

(一)

從至高的虛無接受層ㄈ的命令，
不過是觀測小兵，深入廣大的敵人，
必須以双手擁抱，得到不斷的傷痛，

多麽快已踏过了清晨無罪的門檻，
那晶瑩寒冷的光線就快要冒烟，燃燒，
當太蒼白的死亡呼求到色彩裏投生，

是不情願的情願，不肯定的肯定，
攻擊和再攻擊，不過醞釀最後的叛變，
勝利和榮耀永遠屬於不見的主人，

然而暫刻就是誘惑，從無到有，
一个沒有年歲的人註入青春的影子：
發見自己的欢快，在毁滅的火焰之中。

(二)

時而巨烈，時而緩慢，向这微塵裡滾注，
時间，它吞噬又嫉妒，創造同时毁滅，
接連的承受它的任性于是有了我，

在過去和未來兩大黑暗间，以不斷熄滅的
現在，举起了泥土，思想，和榮耀，
你和我，和这可憎的一切的分野，

而在每一刻的崩溃上，看见一个敌视的我，
枉然的挚爱和守卫，只有跟着向下碎落，
没有一个家不在它的手里化为纤粉，

留恋它像长长的记忆，拒绝我们像冰，
是时间的旅程。永远的肩并肩一起，
一个沉默的同伴，反证我们句句温馨的耳语。

一九四七，三月。

而在每一刻的崩潰上，看見一個敵視的我，
枉然的摯愛和守衛，只有跟着向下碎落，
沒有一個家不在它的手裡化為纖粉，

留戀它像長長的記憶，拒絕我們像冰，
是時間的旅程。永遠的肩並肩一起，
一個沉默的同伴，反證我們的溫馨的耳語。

一九四七、三月。

荒村

荒草、颓墙、空洞的茅屋、
无言倒下的树，凌乱的死寂……
流云在高空无意停伫，春归的乌鸦
用力的聒噪，绕着空场子飞翔，
像发见而满足于倔强的人间的
沉默的败溃。被遗弃的大地
是唯一的一句话，吐露给
春风和夕阳——
干燥的风，吹吧，当伤痕切进了你的心，
再没有一声叹息，再没有袅袅的炊烟，
再没有走来走去的脚步贯穿起
善良和忠实的辛劳终于枉然。

他们那里去了？那稳固的根
为泥土固定着，为贫穷侮辱着，
为恶意压变了形，却从不碎裂的，
像多年的问题被切割，他们仍旧滋生。
他们那里去了？离开了最后一线，
那默默无言的父母妻儿和牧童？
当最熟悉的隅落也充满危险，看见
像一个广大的坟墓世界在等候，
求神，求人的援助，从不敢向前跑去的
竟然跑去了，斩断无尽的岁月
花叶连着根拔去，枯干，无声的，
从这个没有名字的地方我只有祈求：
干燥的风，吹吧，旋起人们无用的回想。

春晚的斜阳和广大漠然的残酷
投下的征兆，当小小的丛聚的茅屋
像是幽暗的人生的尽途，呆立着。
也曾是血肉的丰富的希望，它们张着
空洞的眼，向着原野和城市的来客
留下决定。历史已把他们用完：
它的夸张和说谎和政治的伟业
终于沉入使自己也惊惶的风景。
干燥的风，吹吧，当伤痕切进了你的心，
吹着小河，吹过田垄，吹出眼泪，
去到奉献了一切的遥远的主人！

一九四七，三月。

荒村

荒草，頹牆，空洞的茅屋，
無言倒下的樹，淩亂的死寂……
流雲在高空無意停貯，春歸的烏鴉
用力的聒噪，繞着空場子飛翔，
像發見而滿足於倔强的人間
的沉默的吸讚。被遺棄的大地
是唯一的一句話，吐露給
春風和夕陽！！！

乾燥的風，吹吧，當傷痕切進了你的心，
再沒有一聲嘆息，再沒有裊裊的炊烟，
再沒有走來走去的脚步貫穿起
善良和忠實的辛勞終於枉然。

他們那裏去了？那穩固的根
爲泥土固定着，爲貧窮侮辱着，
爲惡意壓變了形，却從不碎裂的，
像多年的問題被切割，他們仍舊茁生。
他們那裏去了？離開了最後一線，
那默默無言的父母妻兒和牧童？
當最熟悉的隅落也充滿危險，看見
像一個廣大的墳墓世界在等候，
求神，求人的援助，從不敢向前跑去的
竟然跑去了，斬斷無盡的歲月
花葉連着根拔去，枯乾，無聲的，
從這個沒有名字的地方我只有祈求：
乾燥的風，吹吧，旋起人們無用的回想

春晚的斜陽和廣大漠然的殘酷
投下的徵兆，當小小的叢聚的茅屋
像是幽暗的人生的盡途，呆立着。
也曾是血肉的豐富的希望，它們張着
空洞的眼，向着原野和城市的來客
留下決定。歷史已把他們用完：
它的誇張和說謊和政治的偉業
終於沉入使自己也驚惶的風景。
乾燥的風，吹吧，當傷痕切進了你的心，
吹着小河，吹過田壠，吹出眼淚，
去到奉獻了一切的遙遠的主人！

一九四七。三月。

饥饿的中国

（一）

饥饿是这些孩子的灵魂。
从他们迟钝的目光里，古老的
土地向着年青的远方搜寻，
伸出无力的小手向现在求乞。

他们干瘪的肚皮充满了嫌弃
一如大地充满希望，却没有人敢承继。

因为历史不肯饶恕，推出
这小小的空虚的躯壳，向着空虚的
四方挣扎。是谁的债要他们偿付？
他们于是履行它最终的错误。

在街头的一隅，一个孩子勇敢的
向路人求乞，而另一个倒下了
在他的弱小的，绝望的身上，
缩短了你的，我的未来。

（二）

我看见饥饿在每一家门口，
或者他得意的兄弟，罪恶；
没有一处我们能够逃脱他的
直瞪的眼睛：我们做人的教育，

渐渐他来到你我之间，爱，
善良从无法把他拒绝，
每一弱点都开始受考验，我也高兴，
直到恐惧把我们变为石头，

飢餓的中國

（一）

飢餓是這孩子的靈魂。
從他們遲鈍的目光裡，古老的
土地向着年青的遠方搜尋，
伸出無力的小手向現在求乞。

他們乾癟的肚皮充滿了嫌棄，
一如大地充滿希望，却沒有人敢承繼。

因為歷史不肯饒恕，推出
這小小的空虛的軀殼，向着空虛的
四方掙扎，是誰的債要他們償付？
他們於是履行它最終的錯誤。

在街頭的一隅，一个孩子勇敢的
向路人求乞，而另一个倒下了
在他的弱小的，絕望的身上，
縮短了你的，我的未來。

（二）

我看見飢餓在每一家門口，
或者他得意的兄弟，罪惡；
沒有一處我們能夠逃脫他的
直瞪的眼睛：我們做人的教育，

漸漸他來到你我之間，愛，
善良，從無法把他拒絕，
每一羽矢都開始受試驗，我也高興，
直到恐懼把我們變為石頭，

空一行

远远的，他原是我们不屈服的理想，
他来了却带着惩罚的面孔，
每一天在报上讲一篇故事，
太深刻，太惊人，终于使我们漠不关心，

直到今天，爱，隔绝了一切，
他在摇撼我们疲弱的身体，
像是等待有突然的火花突然的旋风
从我们的漂泊和孤独向外冲去。

（三）

昨天已经过去了，昨天是田园的牧歌，
是和春水一样流畅的日子，就要流入
意义重大的明天：然而今天是饥饿。

昨天是理想朝我们招手：父亲的诺言
得到保障，母亲安排适宜的家庭，孩子求学，
昨天是假期的和平：然而今天是饥饿。

为了解除痛苦，痛苦已经付出去了，
希望的手握在一起，志士的血
快乐的溢出：昨天把敌人击倒，
今天是果实谁都没有得到。

中心忽然纷散：今天是脱线的风筝
向明天里翻转，我们把握已经无用，
今天是混乱，疯狂，自渎，白白的死去——
然而我们要活着：今天是饥饿。

荒年之王，搜寻在枯干的中国的土地上，
教给我们暂时和永远的聪明，
怎样得到狼的胜利：因为人太脆弱！

遠遠的，他原是我們不屈服的理想，
他來了却帶着懲罰的面孔，
每一天在報上講一篇故事，
太深刻，太驚人，終於使我們漠不關心，

直到今天，愛，隔絕了一切
他在搖撼我們瘦弱的身体，
像在等待有突然的火花突然的旋風
從我們的飄泊和孤寂向外衝去。

（三）

昨天已經過去了，昨天是田園的牧歌，
是和春水一樣流暢的日子，就要流入
意義重大的明天：然而今天是飢餓。

昨天是理想朝我們招手：父親的諾言
得到保障，母親安排適宜的家庭，孩子求学，
昨天是假期的和平：然而今天是飢餓。

為了解除痛苦，痛苦已經付出去了，
希望的手握在一起，志士的血
快樂的溢出：昨天把敵人擊倒，
今天是果实誰都沒有得到。

中心忽然紛散：今天是脫線的風箏
向明天裡翻轉，我們把握已經無用，
今天是混亂，瘋狂，自瀆，白白的死去！
然而我們要活着：今天是飢餓。

荒年之王，搜尋在枯乾的中國的土地上，
教給我們暫時和永遠的聰明，
怎樣得到狼的勝利：因為人太脆弱！

(四)

我们是向着什么的决定走，
于是才有这么多无耻的谎言，
和对浪漫的死我们一再的违抗，

世界是广大的然而现在很窄小，
很窄小，我们不知道怎样来俯顺，
创造各样的罪恶不过为了安全，

但最豪华的残害就在你我之间，
道德，法律，和每人一份的贫困
就使们彼此扼住了喉咙，

终于小心而无望，聪明人看见
善良直趋毁灭，而又秘密的等待
一个更大的愚笨把我们救援，

看见受难的农夫逃到城市里，
他的呼喊已变为机巧的学习，
把失恋的土地交给城市论辩，

痛苦的问题愈来愈在手术桌上堆积，
青年学会说不平，但却不如
从里面出生的弟弟，一开头就成功，

每一天有更多的恐慌，更矛盾的力，
尽管我们用一切来建造一道围墙，
也终于给一个签字，或一双鼠推翻，

我们是向着什么的决定走，
饥饿引导中国进入一个潜流，
制造多少小小的爱情又把它毁掉。

（本篇不全）
又不要

（四）

我们是向着什么的决定走，
於是才有这么多無耻的谎言，
和对浪漫的死我们一再的違抗，

世界是廣大的而現在很窄小，
很窄小，我们不知道怎樣来俯吸，
創造各樣的罪惡不过為了安全，

但最豪華的殘害就在你我之间，
道德，法律，和每一人一份的貧困
就使我们彼此扼住了喉嚨，

終于小心而無望，聰明人看見
善良直趋毁滅，秘密的等待
一个更大的愚笨把我们救援，

看見受難的農夫逃到城市裡，
他的呼喊已变為机巧的学習，
把失恋的土地交给城市論辯，

痛苦的问题愈来愈在手術桌上堆積，
從裡面出生的青年学会說不平，但却不知
的矛盾，一開頭就成功，

每一天有更多的恐慌，更矛盾的力，
我们儘管用一切来建造一道圍牆，
也終于给一个签字，或一隻鼠推翻，

我们是向着什么的决定走，
飢餓引導中國進入一个潛流，
製造出多少小小的愛情又把它毁掉。

（五）

残酷从我们的心里生出来，
它要有光，它创造了这个世界。
它是你的钱财，它是我的安全，
它是女人的美貌，文雅的教养。

从小它就藏在我们的爱情中，
我们屡次的哭泣才把它确定。
从此它像金币一样的流通，
它写过历史，它是今日的伟人。

我们的事业全不过是它的事业，
在成功的中心已建立它的庙堂，
被踏得最低，它升起最高，
它是慈善，荣誉，动人的演说，和蔼的面孔。

虽然没有谁声张过它的名字，
我们一切的光亮都来自它的光亮；
当我们每天呼吸在它的微尘之中，
呵，那灵魂的颤抖——是死也是生！

去年我们活在寒冷的一串零上，
今年在零零零零零的下面我们汗喘，
像是撑着一只破了底的船，我们
从漏水的去年驶向今年的深渊，

忽的一跳跳到七个零的宝座，
是金价？是食粮？我们幸运的晒晒太阳，
0000000 是我们的财富和希望，
又忽的滑下，大水淹没到我们的颈项，

然而印钞机始终安稳的生产，
它飞快的抢救我们的性命一条条，
把贫乏加十个零，印出来我们新的生存，
我们正要起来发威，一切又把我们吓倒，

一切都在飞，在跳，在笑，
只有我们跌倒又爬起，爬起又缩小，
庞大的数字像是一串列车，它猛力的前冲，
我们不过是它的尾巴，在点的后面飘摇。

我们希望我们能有一个希望，
然后再受辱，痛苦，挣扎，死亡，
因为在我们明亮的血里奔流着勇敢，
可是在勇敢的中心：茫然，

我们希望我们能有一个希望，
它说：我并不美丽，但我不再欺骗，
因为我们看见那么多死去人的眼睛
在我们的绝望里闪着泪的火焰，

当多年的苦难为沉默的死结束，
我们期望的只是一句诺言，
然而只有虚空，我们才知道我们仍旧不过是
幸福到来前的人类的祖先，

还要在无名的黑暗里开辟起点，
而在这起点里却积压着多年的耻辱：
冷刺着死人的骨头，就要毁灭我们一生，
我们只希望有一个希望当做报复。

一九四七，九月。

發見

在你走过和我们相爱以前，
我不过是水，和水一样无形的沙粒，
你拥抱我才突然凝结成为肉体：
流着春天的浆液或擦过冬天的冰霜，
这新奇而紧密的时间和空间，

在你的肌肉和荒年歌唱我以前，
我不过是没有翅膀的瘖哑的字句，
从没有张开它腋下的狂风，
当你以全身的笑声摇醒我的睡眠，
使我奇异的充满又迅速关闭，

你把我轻轻打开，一如春天
一瓣又一瓣的打开花朵，
你把我打开像幽暗的甬道
直达死的面前：在虚伪的日子下面
解开那被一切纠缠着的生命的根，

你向我走进，从你的太阳的升起
划过天空直到我日落的波涛，
你走进而燃起一座灿烂的王宫：
由于你的大胆，就是你最遥远的边界：
我的皮肤也献出了心跳的虔诚。

一九四七，十月。

我歌颂肉体

我歌颂肉体：因为它是岩石
在我们的不肯定中肯定的岛屿。

我歌颂那被压迫的，和被蹂躏的，
有些人的吝啬和有些人的浪费：
那和神一样高，和蛆一样低的肉体。

我们从来没有触到它，
我们畏惧它而且给它封以一种律条，
但它原是自由的和那远山的花一样，丰富如同
　蕴藏的煤一样，把平凡的轮廓露在外面，
它原是一颗种子而不是我们的奴隶。

性别是我们给它的僵死的诅咒，
我们幻化了它的实体而后伤害它，
我们感到了和外面的不可知的连系
　和一片大陆，却又把它隔离。

那压制着它的是它的敌人：思想，
(笛卡儿说：我想，所以我存在。)
但什么是思想它不过是穿破的衣裳越穿越薄弱
　越褪色越不能保护它所要保护的，
自由而活泼的是那肉体。

我歌颂肉体：因为它是大树的根，
摇吧，缤纷的枝叶，这里是你稳固的根基。

一切的事物使我困扰，
一切事物使我们相信而又不能相信，就要得到
　而又不能得到，开始抛弃而又抛弃不开，

我歌颂肉体

我歌颂肉体：因为它是岩石
在我们的不肯定中肯定的島嶼。

我歌颂那被压迫的，和被蹂躏的，
有些人的吝啬和有些人的浪费：
那和神一樣高，和蛆一樣低的肉体。

我们從未没有觸到它，
我们畏懼它而且給它封以一種律條，
但它原是自由的和那遠山的花一樣，豐富如同
蘊藏的煤一樣，把平凡的輪廓露在外面，
它原是一顆種子而不是我们的奴隸。

性别是我们給它的僵死的詛咒，
我们幻化了它的实体而後傷害它，
我们感到了和外面的不可知的連繫和一片大陸，
却又把它隔离。

那压制着它的是它的敵人：思想，
（笛卡兒說：我想，所以我存在。）
但什么是思想它不过是穿破的衣裳越穿越薄
弱越褪色越不能保護它所要保護的，
自由而[illegible]的是那肉体。

我歌颂肉体：因为它是大樹的根，
摇吧，繽紛的枝葉，这裡是你穩固的根基。

一切的事物使我困擾，
一切事物使我们相信而又不能相信，就要得到
而又不能得到，開始拋棄而又拋棄不開，

但肉体是我们已经得到的，这里。
这里是黑暗的憩息。

是在这块岩石上，成立我们和世界的距离，
是在这块岩石上，自然寄托了它一点东西，
风雨和太阳，时间和空间，都由于它的大胆的
网罗而投在我们怀里。

但是我们害怕它，歪曲它，幽禁它，
因为我们还没有把它的生命认为我们的生命，
还没有把它的发展纳入我们的历史，
因为它的秘密远在我们所有的语言之外。

我歌颂肉体：因为光明要从黑暗站出来，
你沉默而丰富的刹那，美的真实，我的上帝。

一九四七，十月。

但肉体是我们已经得到的，这里。
这里是黑暗的憩息。

是在这块岩石上，成立我们和世界的距离，
是在这块岩石上，自然寄托了它一切的东西，
风雨和太阳，时间和空间，都由于它的大胆
　的网罗而投在我们怀里。

但是我们害怕它，歪曲它，幽禁它，
因为我们还没有把它的生命认为我们的生命，
　还没有把它的发展纳入我们的历史，
因为它的秘密还在我们所有的语言之外。

我歌颂肉体：因为光明要从黑暗站出来，
你沉默而丰富的刹那，美的真实，我的上帝。

一九四七，十月。

手

我们从那里走进这个国度？
这由手控制而灼热的领土？
手在条约上画着一个名字，
手在建筑城市而又把它毁灭，
手掌握人的命运，它没有眼泪，
它以一秒的疏忽把地球的死亡加倍，
不放松的手，牵着一个个的灵魂，
它拿着公文皮包或者按一下门铃，
十个国王都由五指的手推出，
我们从那里走进这个国度？

万能的手，一只手里的沉默
谋杀了我们所有的声音。
一万只粗壮的手举起来
可以谋害一只孤零的眼睛，
既然眼睛悬起像黑夜的雾，
我们从那里走进这个国度？
既然五指的手可以随意伸开，
四方的风都由它吹来，
紧握着钱的手到处把我们挡住，
我们从那里走进这个国度？

一九四七，十月。

手

我们從那裡走进这个國度？
这由手控制而灼热的领土？
手在條約上画着一个名字，
手在建築城市而又把它毁滅，
手掌握人的運命，它沒有眼淚，
它以一秒的疏忽把地球的死亡加倍。
不放鬆的手，拿着一个个的灵魂，
它拿着公文皮包或者按一下门鈴，
十个國王都由五指的手推出，
我们從那裡走进这个國度？

萬能的手，一隻手裡的沉默
謀殺了我们所有的声音。
一萬隻粗壮的手舉起来
可以謀害一隻孤零的眼睛，
既然眼睛懸起像黑夜的霧，
我们從那裡走进这个國度？
既然五指的手可以隨意伸開，
四方的風都由它吹来，
緊握着錢的手到處把我们擋住，
我们從那裡走进这个國度？

一九四七，十月。

我想要走

我想要走，走出这曲折的地方，
曲折如同空中电波每日的谎言，
和神气十足的残酷一再的呼喊
从中心麻木到我的五官；
我想要离开这普遍的模仿，
这八小时的旋转和空虚的眼，
因为当恐惧扬起它的鞭子，
这么多罪恶我要洗清我的冤枉。

我想要走出这地方，然而却反抗：
一颗被绞痛的心当它知道脱逃，
它是已经买到了沉睡的敌情，
和这一片土地的曲折的伤痕；
我想要走，但我的钱还没有花完，
有这么多高楼还拉着我赌博，
有这么多无耻就要现原形，
我想要走，但等花完我的心愿。

一九四七，十月。

我想要走

我想要走，走出这曲折的地方，
曲折如同空中電波每日的謊言，
和神氣十足的殘酷一再的呼喊，
從中心麻木到我的五官；
我想要離開这普遍的模倣，
这八小时的旋轉和空虛的眼，
因為当恐懼揚起它的鞭子，
这么多罪惡我要洗清我的寃枉。

我想要走出这地方，然而却反抗：
一顆被絞痛的心当它知道脱逃，
它是已經買到了沉睡的敵情，
和这一片土地的曲折的傷痕；
我想要走，但我的錢還没有花完，
有这么多高樓還拉着我賭博，
有这么多無耻，就要現原形，
我想要走，但等花完我的心願。

一九四七，十月。

暴力

从一个民族的勃起
到一片土地的灰烬，
从历史的不公平的开始
到它反复无终的终极：
每一步都是你的火焰。

从真理的赤裸的生命
到人们憎恨它是谎骗，
从爱情的微笑的花朵
到它的果实的宣言：
每一开口都露出你的牙齿。

从强制的集体的愚蠢
到文明的精密的计算，
从我们生命价值的推翻
到建立和再建立：
最得信任的仍是你的铁掌。

从我们今日的梦魇
到明日的难产的天堂，
从婴儿的第一声啼哭
直到他的不甘心的死亡：
一切遗传你的形象。

一九四七、十月。

暴力

從一个民族的勃起
到一片土地的灰燼，
從歷史的不公平的開始
到它反覆無終的終極：
每一步都是你的火焰。

從真理的赤裸的生命
到人們憎恨它是謊騙，
從愛情的微笑的花朵
到它的果实的宣言：
每一開口都露出你的牙齒。

從強制的集体的愚蠢
到文明的精密的計算，
從我們生命價值的推翻
到建立和再建立：
最得信任的仍是你的鉄掌。

從我們今日的夢魘
到明日的難產的天堂，
從嬰兒的第一声啼哭
直到他的不甘心的死亡：
一切遺传你的形象。

一九四七，十月。

胜利

他是一个无限的骑士
在没有岸沿的海的波上，
他驰过而溅起有限的生命，
虽然他去了海水重又合起，
在他后面留下一片空茫，
一如前面他要划分的国土，
但人们曾由于血肉的炙热
追随他，他给变成海底的白骨。

每一次他有新的要挟，
每一次我们都绝对服从，
我们的泪已洒满在他心上，
于是他登高向我们宣称：
他的脸色是这么古老，
每条皱纹都是人们的梦想，
这一次终于被我们抓住：
一座沉默的，荣耀的石像。

一九四七，十月。

勝利

他是一个無限的騎士
在没有岸沿的海的坡上，
他馳过而濺起有限的生命，
虽然他去了海水重又合起，
在他没留下一片空茫，
一如前面他要劃分的國土，
但人们曾由於血肉的炙热
追隨他，他給变為海底的白骨。

每一次他有新的要挾，
每一次我们都絕对服从，
我们的泪已洒满在他心上，
於是他登高向我们宣称：
他的臉色是这么古老，
每條皺紋都是人们的夢想，
这一次終於被我们抓住：
一座沉默的，榮耀的石像。

一九四七，十月。

牺牲

因为有太不情愿的负担
使我们疲倦，
因为已经出血的地球还要出血
我们有全体的苍白，
无论地图怎样变化它的颜色，
或是那一个骗子的名字写在我们头上。

所有的炮灰堆起来
是今日的寒冷的善良，
所有的意义和荣耀堆起来
是我们今日无言的饥荒，
然而更为寒冷和饥荒的是那些灵魂，
陷在毁灭下面，想要跳出这跳不出的人群。

一切丑恶的掘出来
把我们钉住在现在，
一个全体的失望在生长
吸取明天做它的营养，
无论什么美丽的远景都让我们等一等：
一个苍白的世界正向我们索要屈辱的牺牲。

一九四七，十月。

犧牲

因為有太不情願的負担
使我們疲倦，
因為已經出血的地球還要出血
我們有全体的蒼白，
無論地面怎樣變化它的顏色，
或是那一個騙子的名字寫在我們頭上。

所有的爐灰堆起來
是今日的寒冷的善良，
所有的意義和榮耀堆起來
是我們今日無言的飢荒，
然而更為寒冷和飢荒的是那些灵魂，
陷在毀壞下面，想要跳出这跳不出的人群。

一切醜惡的掘出來
把我們釘住在現在，
一個全体的失望在生長
吸取明天做它的營養，
無論什麼美麗的遠景都讓我們等一等：
一個蒼白的世界正向我們索要屈辱的犧牲。

一九四七，十月。

甘地之死

（一）

不用卫队，特务，或者黑色的
枪口，保卫你和人共有的光荣，
人民中的父亲，不用厚的墙壁
把你的心隔绝像一座皇宫，

不用另一种想法，而只信仰
力和力的猜疑所放逐的和平，
不容忍藉口或等待，拥抱它，
一如混乱的今日拥抱混乱的英雄，

于是被一颗子弹遗弃了，被
这充满火药的时代和我们的聪明，
甘地，累赘的善良，被挤出今日的大门，

一切向你挑战的从此可以歇手，
从此你是无害的名字，全世界都纪念
用流畅的演说，和遗忘你的行动。

（二）

恒河的水呵，接受这一点点灰烬，
接受举世暴乱中这寂灭的中心，
因为甘地已经死了，生命的微笑已经死了，
人类曾瞄准过多的伤害，倒不如
任你的波涛给淹没于无形；
那不洁的曾是他的身体；不忠的，
是束缚他的欲念；像紧闭的门，
如今也已完全打开，让你流入，
他的祈祷从此安息为你流动的声音。
自然给出而又收回：但从没有
这样广大的它自己，容纳这样多人群，
恒河的水呵，接受它复归于一的灰烬，
因为甘地已经死了，虽然没有人死得这样少：
留下一片凝固的风景，一隅蓝天，阿门。

一九四八，二月四日。

甘地之死

穆旦

（一）

不用衛隊，特務，或者黑色的槍口，保衛你和人共有的光榮，
人民中的父親，不用厚的牆壁
把你的心隔絕像克里姆林宮，
不用另一種想法，而只信仰
人和人的猜疑所放逐的和平，
不容許藉口或等待，擁抱它，
一如混亂的今日擁抱我們的英雄，
於是被一顆子彈遺棄了，被
這充滿火藥的時代和我們的聰明，
甘地，累贅的善良，被擠出今日的大門，
一切向你挑戰的從此可以歇手，
從此你是無害的名字，全世界都紀念
用流暢的演說，和遺忘你的行動。

（二）

恒河的水呵，接受這一點點灰燼，
接受舉世暴亂中這寂滅的中心，
因為甘地已經死了，生命的微笑已經死了，
人類曾瞄準過多的傷害，倒不如
任你的波濤給淹沒於無形；
那不潔的曾是他的身體；不忠的，
是束縛他的欲念；像緊閉的門，
如今也已完全打開，讓你流入，
他的祈禱從此安息於你流動的聲音。
自然給出而又收回：但從沒有
這樣廣大的宅自己，容納這樣多人羣，
恒河的水，接受它復歸於一的灰燼，
甘地已經死了，雖然沒有人死得這樣少：
留下一片凝固的風景，一隅藍天，阿門。

一九四八，二月四日

世界

小时候常爱骑一匹竹马
游来游去在世界的外边，
那得甲的日记和绿色的草场
每一年保护使我们厌倦，

也常常望着大人神秘的嘴
或许能透出一线光亮，
在茫然中，学校帮助我们寻求
那关在世界里的一切心愿，

劳苦，忍耐，热望的眼泪，
充满了生命的在期待：
因为我们愚蠢而年青，等一等
就可以踏入做美好的主人，

呵，为了寻求『生之途径』，
这颗心还在试探那不见的门，
可是有一夜我们忽然醒悟：
年复一年，我们已踯躅在其中！

假如你还不能够改变，
你就会喊出是多大的欺骗，
你疯狂的跑开还是碰见他，
你仅存的梦想就这样实现。

他把贫乏早已拿给你——
那被你尝过又呕出的东西，

世界

小時候常愛騎一匹竹馬
遊來去在世界的外边，
那得甲的日記和綠色的草场
每一年保護使我們厭倦，

世常常望着大人神祕的嘴
或許能透出一線光亮，
在茫然中，書本幫助我們尋求
那窝在世界裡的一切心願，

勞苦，忍耐，热望的眼淚，
充满了生命的在期待：
因為我們愚蠢的而年青，等一等
就可以踏入做美好的主人，

呵，為了尋求「生之途徑」，
这顆心還在試探那不見的门，
可是有一夜我們忽然醒悟：
年復一年，我們已躑躅在其中！

假如你還不能夠改变，
你就会喊出是多大的欺騙，
你瘋狂的跑開還是碰見他，
你僅存的夢想就这樣实现。

他把貧乏早已拿給你——
那被你嚐过又嘔出的东西，

逼着你回头再完全吞下：
过去、未来，陈旧和新奇。

他不能取悦你，就要你取悦他，
因为他是这么个无赖的东西，
你和他手拉着手像一对情人，
这才是人们都称羡的旅行。

直到他像潮水一样的退去，
留下一只手杖支持你全身，
等不及我们做最后的申辩，
一如那已被辱尽的世代的人群。

一九四八，四月。

逼着你回头再完全吞下：
过去，未来，陈舊和新奇。

他不能取悦你，就要你取悦他，
因為他是这么个無赖的东西，
你和他手拉着手像一对情人，
这才是人们都称羡的旅行。

直到他像潮水一樣的退去，
留下一隻手杖支持你全身，
等不及我们做最後的申辯，
一如那已被辱盡的世代的人群。

一九四八，四月。

城市的舞

为什么？为什么？然而我们已跳进这城市的回旋的舞，
它高速度的昏眩，街中心的郁热。
无数车辆都怂恿我们动，无尽的噪音
请我们参加，手拉着手的巨厦教我们鞠躬：
呵，钢筋铁骨的神，我们不过是寄生在你玻璃窗里的害虫。

把我们这样切，那样切，等一会就磨成同一颜色的细粉，
死去了不同意的个体，和泥土里的生命；
阳光水份和智慧已不再能够滋养，使我们生长的
是写字间或服装上的努力，是一步挨一步的名义和头衔，
想着一条大街的思想，或者它灿烂整齐的空洞。

那里是眼泪和微笑？工程师，企业家，和钢铁水泥的文明，
一手展开至高的愿望，我们以渺小，匆忙，挣扎来服从
许多重要而完备的欺骗，和高楼指挥的『动』的帝国。
不正常是大家的轨道，生活向死追赶，虽然『静止』有时候高呼：
为什么？为什么？然而我们已跳进这城市的回旋的舞。

一九四八，四月。

城市的舞

穆

爲什麼？爲什麼？然而我們已跳進這城市的迴旋的舞，
它高速度的昏眩，和街中心的鬱熱。
無數車輛都慫恿我們動，無盡的燥音
請我們參加，手拉着手的巨廈教我們鞠躬：
呵，鋼筋鉄骨的神，我們不過是寄生在你玻璃窗裏的害虫。

把我們這樣切，那樣切，等一會就磨成同一顏色的細粉，
死去了不同意的個體，和泥土裏的生命；
陽光水份和智慧已不再能够滋養，使我們生長的
是寫字間或服裝上的努力，是一步挨一步的名義和頭銜，
想着一條大街的思想，或者它燦爛整齊的空洞。

那裏是眼淚和微笑，工程師，企業家，和鋼鉄水泥的文明，
一手展開至高的願望，我們以渺小，匆忙，掙扎來服從
許多重要而完備的欺騙，和高樓指揮的「動」的帝國。
不正常是大家的軌道，生活向死追趕，雖然「靜止」有時候高呼：
爲什麼？爲什麼？然而我們已跳進這城市的迴旋的舞。

一九四八，四月。

绅士和淑女

绅士和淑女，绅士和淑女，
走着高贵的脚步，一步又一步——
端详着人群。有着轻松愉快的
谈吐，在家里教客人舒服，
或者出门，弄脏一尘不染的服装，
回来再洗洗修洁动人的皮肤。
绅士和淑女，永远活在柔软的椅子上，
或者运动他们的双腿，摆动他们美丽的
臀部，像柳叶一样地飞翔；
不像你和我，每天想着想着就发愁，
见不得人，到了体面的地方就害羞！
那能人比人，一条一条扬长的大街，
看我们这边或那边，躲闪又慌张，
汽车一停：多少眼睛向你们致敬，
高楼，灯火，酒肉：都欢迎呀，欢迎！
请先生决定，会商，发起，主办，
夫人和小姐，你们来了也都是无限荣幸，
只等音乐奏起，谈话就可以停顿；
而我们在各自的黑角落等着，那不见的一群。
你们就任，我们才出现为下属，
你们办工厂，我们就挤破头去做工，
你们拿着礼帽和鲜花结婚，我们也能尽一份力，
可是亲爱的小宝宝，别学我们这么不长进。
呵，绅士和淑女，敬祝你们一代一代往下传，
千万小心伤风，和那无法无天的共产党，
中国住着太危险，还可以搬出到外洋！

一九四八，八月。

紳士和淑女

紳士和淑女，紳士和淑女，
走着高貴的脚步，一步又一步——
端詳着人羣・有着輕鬆愉快的
談吐，在家裏教客人舒服，
或者出門，弄髒一塵不染的服裝，
回來再洗洗修潔動人的皮膚・
紳士和淑女，永遠活在柔軟的椅子上，
或者運動他們的雙腿，擺動他們美麗的
臀部，像柳葉一樣地飛翔；
不像你和我，每天想着想着就發愁，
見不得人，到了體面的地方就害羞！
那能人比人，~~馳來馳去在大街的中央~~一條一條冊揚長的大街，
看我們這邊或那邊，躲閃又慌張，
汽車一停：多少眼睛向你們致敬，
高樓，燈火，酒肉：都歡迎呀，歡迎！
請先生決定，會商，發起，主辦，
夫人和小姐，你們來了也都是無限榮幸，
只等音樂奏起，談話就可以停頓；
而我們在各自的黑角落等着，那不見的一羣・
你們就任，我們才出現爲下屬，
你們辦工廠，我們就擠破頭去做工，
你們拿着禮帽和鮮花結婚，我們也能盡一份力，
可是親愛的小寶寶，別學我們這麼不長進・
呵呵，紳士和淑女，敬祝你們一代一代往下傳，
~~千萬小心傷風，和那無法無天的共產黨，~~
~~中國住着太危險，還可以搬出到外洋！~~

一九四八，八月。

诗二首

（一）

在我们之间是永远的追寻：
你，一个不可知，横越我的里面
和外面，在那儿上帝统治着
呵，渺无踪迹的丛林的秘密，

爱情探索着，像解开自己的睡眠
无限地弥漫四方但没有越过
我的边沿；不能够获得的：
欢乐是在那合一的根里。

我们互吻，就以为已经抱住了——
呵，遥远而又遥远的。从何处浮来
耳，目，口，鼻，和惊觉的刹那，
在时间的旋流上又向何处浮去。

你，安息的终点；我，一个开始，
你追寻于是展开这个世界。
但它是多么荒蛮，不断的失败
早就要把我们到处的抛弃。

（二）

当我们贴近，那黑色的浪潮
就突然将我心灵的微光吹熄，
那多年的对立和万物的不安
都要从我温存的手指向外死去，

詩二首

(一)

在我们之间是永远的追寻：
你，一个不可知，横越我的裡面
和外面，在那儿上帝统治着
呵，渺無蹤跡的叢林的秘密，

愛情探索着，像解開自己的睡眠
無限地彌漫四方但没有越过
我的边沿；不能够獲得的：
欢樂是在那合一的根裡。

我们互吻，就以為已經抱住了——
呵，遥遠而又遥遠的。從何處浮来
耳，目，口，鼻，和驚觉的刹那，
在時间的旋流上又向何處浮去。

你，安息的終点；我，一个開始，
我追尋於是展開这个世界。
但它是多么荒蠻，不斷的失敗
早就要把我们到處的抛棄。

(二)

当我们貼近，那黑色的浪潮
就突然將我心灵的微光吹熄，
那多年的对立和万物的不安
都要從我溫存的手指向外死去，

那至高的忧虑，凝固了多少个体的，
多少年凝固着我的形态，
也突然解开，再不能抵住
你我的血液流向无形的大海，

脱净样样日光的安排，
我们一切的追求终于来到黑暗里，
世界正闪烁，急躁，在一个谎上，
而我们忠实沉没，与原始合一，

当春天的花和春天的鸟
还在传递我们的情话绵绵，
但你我已解体，化为群星的飞扬，
向着一个不可及的谜底，逐渐沉淀。

一九四八，八月。

那至高的憂慮，凝固了多少个体的，
多少年凝固着我的形態，
也突然解开，再不能抵住
你我的血液流向無形的大海，

脱淨樣々日光的安排，
我们一切的追求終於来到黑暗裡，
世界正閃爍，急燥，在一个謊上，
而我们忠实沉没，与原始合一，

当春天的花和春天的鳥
還在傳遞我们的情話綿綿，
但你我已解体，化為群星的飛揚，
向着一个不可及的謎底，逐漸沉澱。

一九四八，八月。

穆旦詩集